हरिशंकर परसाई

22 अगस्त, 1924 को मध्य प्रदेश के होशंगाबाद जिले के जमानी गाँव में जन्मे हरिशंकर परसाई का आरम्भिक जीवन कठिन संघर्ष का रहा। पारिवारिक जिम्मेदारियों के बीच नागपुर विश्वविद्यालय से हिन्दी में एम.ए. किया और फिर 'डिप्लोमा इन टीचिंग' का कोर्स भी।

आपकी प्रकाशित कृतियाँ हैं—हँसते हैं रोते हैं, जैसे उनके दिन फिरे (कहानी-संग्रह); रानी नागफनी की कहानी, तट की खोज (उपन्यास); तब की बात और थी, भूत के पाँव पीछे, बेईमानी की परत, वैष्णव की फिसलन, पगडंडियों का जमाना, शिकायत मुझे भी है, सदाचार का ताबीज, विकलांग श्रद्धा का दौर, तुलसीदास चन्दन घिसैं, हम इक उम्र से वाक़िफ़ हैं, निठल्ले की डायरी, आवारा भीड़ के खतरे, जाने-पहचाने लोग, कहत कबीर, ठिठुरता हुआ गणतंत्र (व्यंग्य निबन्ध-संग्रह); पूछो परसाई से (साक्षात्कार)।

'परसाई रचनावली' शीर्षक से छह खंडों में आपकी सभी रचनाएँ संकलित हैं।

आपकी रचनाओं के अनुवाद लगभग सभी भारतीय भाषाओं और अंग्रेजी में हुए हैं।

आपको केन्द्रीय साहित्य अकादेमी पुरस्कार, मध्य प्रदेश के शिखर सम्मान आदि अनेक पुरस्कारों से सम्मानित किया गया।

आपका निधन 10 अगस्त, 1995 को हुआ।

निठल्ले की डायरी

हरिशंकर परसाई

राजकमल पेपरबैक्स

पहला पुस्तकालय संस्करण
अक्षर प्रकाशन प्राइवेट लिमिटेड द्वारा
1968 में प्रकाशित

राजकमल पेपरबैक्स मे
पहला संस्करण : 2007
सत्रहवाँ संस्करण : 2026

राजकमल पेपरबैक्स : उत्कृष्ट साहित्य के जनसुलभ संस्करण

राजकमल प्रकाशन प्रा.लि.
1-बी, नेताजी सुभाष मार्ग, दरियागंज
नई दिल्ली-110 002
द्वारा प्रकाशित

शाखाएँ : अशोक राजपथ, साइंस कॉलेज के सामने, पटना-800 006
पहली मंजिल, दरबारी बिल्डिंग, महात्मा गांधी मार्ग, प्रयागराज-211 001
1, अनमोल सोराबजी सन्तुक लेन, धोबी तलाव, मरीन लाइंस, मुम्बई-400 002

वेबसाइट : www.rajkamalprakashan.com
ई-मेल : info@rajkamalprakashan.com

बी.के. ऑफसेट
नवीन शाहदरा, दिल्ली-110 032
द्वारा मुद्रित

रेखांकन : चंचल

मूल्य : ₹ 199

NITHALLE KI DIARY
Satire by Harishankar Parsai

ISBN : 978-81-267-1304-2

अनुक्रम

निठल्लेपन का दर्शन 7

शिवशंकर का केस 12

रामभरोसे का इलाज 18

युग की पीड़ा का सामना 25

राष्ट्र का नया बोध 31

प्रेमी के साथ एक सफर 37

वाक आउट! स्लीप आउट! ईट आउट! 43

सर्वोदय-दर्शन 48

साहब का सम्मान 51

पहला पुल 56

'कोई सुनने वाला नहीं है!' 61

पीढ़ियाँ और गिट्टियाँ 66
रामसिंह की ट्रेनिंग 70
नगर-पालक 75
विकास-कथा 81
रिसर्च का चक्कर 86
एमरजेंसी आचरण 91
एक सुलझा आदमी 96
आशंका-पुत्र 101
चमचे की दिल्ली-यात्रा 106
देश-भक्ति की पॉलिश 111
एक गोभक्त से भेंट 115
भेड़ें और भेड़िए 121
एक वैष्णव कथा 127
विज्ञापन में बिकती नारी 132
मिल लेना 136

निठल्लेपन का दर्शन

निठल्ला भी कहीं डायरी लिखने का काम करेगा?

असम्भव!

उसी तरह अविश्वसनीय जैसे यह कि तुलसीदास 'रामचरितमानस' की पांडुलिपि टाइप करते पाए गए।

या यह कि तुकाराम पियानो पर अपने अभंग गाते थे।

मगर निठल्ले-निठल्ले में फर्क है—

जैसे इनकमटैक्स-विभाग के ईमानदार और शिक्षा-विभाग के ईमानदार में फर्क होता है—गो ईमानदार दोनों हैं।

यह निठल्ला कुछ भिन्न किस्म का था। पूरी डायरी पढ़ने से ऐसा मालूम होता है कि वह 'निठल्ला' के नाम से इसलिए बदनाम था कि वह लगातार कोई काम नहीं करता था। अगर वह लगातार चौराहे पर खड़े होकर लोगों को मुँह चिढ़ाने का काम

करता रहता, तो भी लोग उसे निठल्ला नहीं कहते। कहते—वह जी लगाकर मुँह चिढ़ाने का काम करता है।

जब घंटों भगवान की स्तुति करना काम माना जाता है, तब मुँह चिढ़ाना काम क्यों नहीं है?

दूसरा कारण यह है कि वह ऐसा कुछ नहीं करता था, जिससे उसका अपना फायदा हो। अगर वह गैर-कानूनी शराब उतारकर बेचता और हवेली खड़ी कर लेता, तो बड़े-बड़े कर्मयोगी उसे गुरु मानते।

वह शायद घूमता रहता था और जहाँ-तहाँ घुस जाता था।

नियम उसकी जिन्दगी में नहीं था।

नियम के कारण ही एक कुलटा कहलाती है और दूसरी पतिव्रता। कुलटा का कुल मिलाकर पुरुष-सम्पर्क पतिव्रता से कम होता है, तो भी।

निठल्ले की डायरी के पहले के पन्नों में कुछ फुटकर बातें लिखी पाई गईं, जिनसे मालूम होता है कि 'नियमित कर्म' के प्रति उसकी विरक्ति कैसे होती गई।

डायरी प्रकाशित करने के पहले ये कुछ अंश यहाँ उद्धृत किए जाते हैं—

श्रीमद्भगवद्गीता की रचना किसने की?

क्या कृष्ण ने सचमुच रणभूमि में अर्जुन से यह सब कहा, जिसे व्यास ने लिखा?

इस सारे उपदेश का नतीजा क्या हुआ? अर्जुन ज्ञानी हो गया और लड़ने लगा यानी ज्ञानी वह, जो हमेशा लड़ने को तैयार रहे।

पर दुर्योधन तो पहले से लड़ने को तैयार था।

यानी दुर्योधन अर्जुन से ज्यादा ज्ञानी था।

यानी बुरा आदमी अच्छे आदमी से ज्यादा ज्ञानी होता है।

यह बात मेरे गले नहीं उतरती।

गीता न कृष्ण ने कही, न व्यास ने लिखी।

गीता को 'फेडरेशन ऑफ इंडियन चेम्बर ऑफ कॉमर्स एंड इंडस्ट्रीज' के अध्यक्ष ने लिखा है या पैसे देकर लिखवाया है।

प्रमाण मुझे मिल गया है।

गीता में लिखा है—'कर्मण्येवाधिकारस्ते मा फलेषु कदाचन्।'—अर्थात् तुम्हारे अधिकार में सिर्फ काम करना है; तुम फल की इच्छा मत करो।

हे मजदूरो, भगवान का आदेश है कि काम करते जाओ; तनख्वाह मत माँगो।

यह उपदेश मजदूरों की हड़ताल तोड़ने के काम आ सकता है।

भगवान ऐसा उपदेश नहीं दे सकते कि काम करो, पर पैसा मत माँगो।

सिद्ध हुआ कि गीता या तो 'फेडरेशन ऑफ इंडियन चेम्बर ऑफ कॉमर्स एंड इंडस्ट्रीज' के अध्यक्ष ने लिखी है या किसी से लिखवाई है।

इसीलिए राजगोपालाचारी को गीता विशेष प्रिय है।

इस शोध के बाद मुझे कर्म से अरुचि हो गई है।

पुराने जमाने की बात है।

भारत के किसी जामुन के पेड़ के नीचे तीन आदमी मुँह खोले लेटे थे और कह रहे थे—आ जामुन, मेरे मुँह में गिर!

जामुन गिरने ही वाली थी कि वहाँ एक घुड़सवार आया।

वह घोड़े पर बैठकर घूमने को बड़ा काम मानता था, जैसे आजकल सरकारी जीप पर बैठने को काम माना जाता है। उसने उन तीनों को हंटर मारकर भगा दिया।

कई साल बाद पश्चिम में एक लड़का एक सेब के पेड़ के नीचे बैठा था।

वह भी कह रहा था—आ सेब, मेरे मुँह में गिर!

सेब जामुन से बहुत बड़ा होता है। निष्कर्ष निकला कि जहाँ तक खाने का सम्बन्ध है, पश्चिम का मुँह पूर्व से बड़ा होता है। बीते साम्राज्य और सेब इसके गवाह हैं।

उस समय वहाँ कोई घुड़सवार नहीं आया, क्योंकि यूरोप के सारे घुड़सवार संकट में फँसी सुन्दरियों की रक्षा खोज-खोजकर कर रहे थे।

सेब गिरा और लड़के ने 'ग्रेविटेशन' (गुरुत्वाकर्षण) का सिद्धान्त खोज लिया।

अगर वह घुड़सवार वहाँ न जाता और एक जामुन भी उनमें से किसी के मुँह में गिर पड़ती, तो उस सिद्धान्त की खोज का श्रेय भारत को मिल जाता। भारत में अनुसन्धान को कोई प्रोत्साहन नहीं दिया जाता। अनुसन्धान करने के लिए बैठे मनीषी को अलाल कहा जाता है। उन्हें पहले घुड़सवार छेड़ता था और अब जीप-सवार छेड़ता है।

सारा देश अब पछताता है कि अगर हमारे वे तीन जामुन के नीचे के मनीषी छेड़े न जाते, तो हमें एक महान खोज का श्रेय मिल जाता।

ऐसी ही भूल तब हुई थी जब लक्ष्मण ने मरणासन्न रावण से दुनिया-भर की नीति की बातें तो पूछीं, पर यह नहीं पूछा कि गुरु, उस गोली का फार्मूला तो बता जाओ, जिसे खाकर आपके मरहूम भाईजान कुम्भकर्ण छह महीने सोते रहते थे।

पश्चिम विज्ञान के क्षेत्र में इतना आगे क्यों बढ़ा है?

क्योंकि वहाँ अलालों को सब तरह से सुभीते दिये जाते हैं। हमारे यहाँ वे निरादर के पात्र हैं।

कहते हैं, उसकी मर्जी के बिना पत्ता भी नहीं हिलता।

तो उसकी मर्जी के बिना चोरी भी नहीं होती होगी।

वही चोरी करता है और वही पुलिसमैन से गश्त दिलवाता है।

तो करणीय क्या? और अकरणीय क्या?

अभी तो यही निश्चित नहीं है कि वह जेब काटने को बुरा मानता है। आखिर जेब कटवाता तो वही है।

मैं कुछ कामों को अच्छा मानकर जिन्दगी-भर करता जाऊँ, और बाद में मालूम हो कि इन कामों को वह बुरा मानता है, तो मैं नर्क में चला जाऊँगा।

मैं जीवन-रक्षा को अच्छा मानकर करूँ, बाद में मालूम हो कि वह आबादी घटाने के लिए लोगों को मरवाना चाहता था। ऐसी हालत में मेरा सारा पुण्य पाप हो जाएगा।

तब बुरे डॉक्टर स्वर्ग का सुख भोगेंगे और अच्छे डॉक्टर नर्क में सड़ेंगे।

निर्णय होने तक कि क्या बुरा है और क्या अच्छा, अकर्म ही चलने दो।

गली के मोड़ पर चबूतरे पर जगन्नाथ काका पालथी मारे बैठे रहते हैं। बैठे हैं, और देख रहे हैं।

मैं पूछता हूँ, "काका, क्या कर रहे हैं?"

जवाब देते हैं, "बैठे हैं।"

सुबह पूछता हूँ, तो बैठे हैं। दोपहर को पूछता हूँ, तो बैठे हैं। शाम को पूछता हूँ, तो बैठे हैं।

"और काका, क्या हाल हैं?"

"कुछ नहीं, बैठे हैं।"

आज मैंने सवाल बदला :

"कहिए काका, बैठे हैं क्या?"

वे बोले, "भैया, और क्या करें?"

मैं क्या बताता कि और क्या करें!

मैंने कहा, "आप ही सोचिए कि क्या करें।"

उन्होंने जवाब दिया, "सब सोच लिया। कुछ करो, तो आधे अच्छे काम होते हैं और आधे बुरे। कुछ नहीं करने से कोई बुरा काम नहीं होता। बुरा करने से यही अच्छा है कि बैठे-बैठे अच्छा सोचा करो।"

26 तारीख की रात 11 बजे पंडित नेहरू ने कहा, 'मैंने सब फाइलें निपटा दीं। मेरा सब काम पूरा हो गया।'

दूसरे दिन पंडितजी की मृत्यु हो गई।

इससे देशवासियों को क्या शिक्षा ग्रहण करनी चाहिए?

—यह कि अपना काम पूरा करना खतरनाक है।

जिसकी फाइलें पूरी हो जाएँ, उसकी मृत्यु हो जाती है।

जिसे जीवित रहना है और देश की सेवा करनी है, वह फाइलें कभी पूरी नहीं करेगा।

जिसकी टेबल पर फाइलों का जितना बड़ा ढेर होगा, वह उतना ही दीर्घायु होगा और उतना ही बड़ा देशसेवक होगा।

शासन में मंत्री से लेकर क्लर्क तक वे मेरी श्रद्धा के पात्र हैं, जो कभी काम पूरा नहीं करते।

वे देश के लिए जीवित रहना चाहते हैं।

केन्द्रीय सरकार को सहज हिदायत देनी चाहिए कि जो अपना काम पूरा कर देगा, उसे नौकरी से निकाल दिया जाएगा। वह मरकर अपनी सेवा से वंचित करना चाहता है।

डायरी में निठल्ले के चिन्तन और अनुभव के ऐसे अंश और भी बहुत हैं।

आगे एक जगह लिखा है :

—अब मैं ऊब गया। मैंने दुनिया के बारे में बहुत कुछ अच्छा सोच डाला है। मैंने आसमान से रोटियाँ बरसवा दी हैं और चाँद से दाल उड़ेली है। मैंने सारे बमों को बोरों में भरकर समुद्र में डलवा दिया है। सारे कारखाने मैं मजदूरों को दे चुका। जगह-जगह मैंने कल्प-वृक्षों के बगीचे लगवा दिये हैं, जिनके नीचे बैठकर लोग इच्छाएँ पूरी कर रहे हैं। सारी सुन्दरियों को मैंने उनके प्रेमी उपलब्ध करा दिये हैं, और कोई विरहिणी नहीं बची है। सारे कवि मुझे गाली दे रहे हैं, और जच्चा के गीत लिख रहे हैं।

अब मेरे लिए कुछ सोचने को नहीं बचा।

अब मैं कुछ दिन घूम-घूमकर दूसरों के काम में दखल दूँगा।

कल से यह मेरा दखल-अभियान शुरू होगा। मैं काम नहीं करूँगा, सिर्फ दूसरे के काम में दखल दूँगा।

आगे के पन्नों में निठल्ले के अनुभव लिखे हैं, जो जैसे-के-तैसे प्रकाशित किए जा रहे हैं।

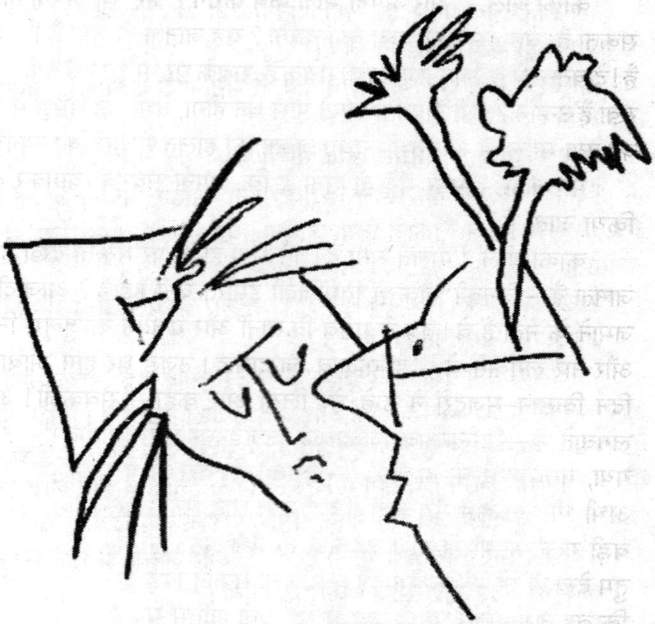

शिवशंकर का केस

सुबह उठा तो कल का संकल्प याद आया।

खुद चाहे कुछ न करूँ, पर दूसरों के काम में दखल जरूर दूँगा।

लोग अपने काम में दखल नहीं देने देते, जब तक आप उनका भला न करने लगें दखल देने के लिए भला करना जरूरी है। मैं भला करने के लिए व्याकुल हो उठा।

बाहर निकला तो चबूतरे पर काका पालथी मारे बैठे दिखे। वे एक आँख बन्द करके बड़ी एकाग्रता से मूँछ के सफेद बाल उखाड़ने की कोशिश कर रहे थे।

एक झटका बाल को देकर उन्होंने चुटकी देखी और बोले, ''हस्साला बच गया!''

वे फिर एक आँख बन्द करके चुटकी में बाल को पकड़ रहे थे कि सड़क की तरफ उनकी नजर गई और वे दूसरे काम में लग गए, ''ऐ लड़के, कुत्ते को पत्थर क्यों मारता है? वह काट खाएगा न!''

''अरे, इधर साइकिल क्यों टिकाते हो? यह चबूतरा है कि साइकिल स्टैंड?''

मेरी तरफ देखा। बोले, ''कहाँ चल दिए?''

मैंने कहा, ''काका, मैंने तय किया है कि दूसरों का भला करूँगा।''

काका बोले, ''और अपना भला कब करोगे ? अरे, जो अपना ही भला नहीं कर सकता है, वह दूसरे का भला क्या करेगा ? वह जानता ही नहीं है कि भला क्या होता है! देखता नहीं है, जितने जनता के सेवक हैं, सबके घर भरे हुए हैं ? क्यों ? क्यों माल बटोर रखा है उन्होंने ? इसीलिए कि अपने पास धन होगा, तभी यह समझ में आएगा कि धन का क्या महत्त्व है और तभी निर्धन जनता की हालत सुधारने की स्फूर्ति पैदा होगी।''

मैंने कहा, ''मगर मैंने तो सुना है कि अपना सर्वस्व त्यागकर दूसरों का भला किया जाता है ?''

काका बोले, ''गलत सुना है। तूने सुना होगा, पर मैंने तो देखा है। सेवकजी को जानता है—जिनकी चौक में तिमंजिली इमारत बनी हुई है ? आजादी की लड़ाई के जमाने के नेता हैं वे। तब वे गरीब किसानों और मजदूरों के जुलूस निकाला करते थे और नारे लगवाते थे—'इन्किलाब जिन्दाबाद। उजड़े घर होंगे आबाद!' अभी एक दिन किसान-मजदूरों ने उन्हें घेर लिया और कहा—'सेवकजी! आप हमसे नारा लगवाते थे—'इन्किलाब जिन्दाबाद, उजड़े घर होंगे आबाद।'—तो इन्किलाब हो गया, मगर हमारे घर तो वैसे-के-वैसे ही हैं। वैसे ही गन्दे झोंपड़ों और कमरों में हम अभी भी रहते हैं।' सेवकजी ने शान्ति से बात सुनी और कहा—'अरे, तुम लोगों को बड़ी गलतफहमी हो गई। वह नारा तो मैंने अपने घर के बारे में लगवाया था। और तुम देख ही रहे हो कि मेरा वह तिमंजिला मकान खड़ा हो गया है। तुम क्या यह समझे कि वह नारा तुम्हारे घरों के बारे में था ?' तो हातिम साहब, पहले अपना, बाद में दूसरे का। भगवान ने अपने लिए पहले गरुड़ का इन्तजाम कर लिया, तब मनुष्य की सवारी के लिए घोड़ा बनाया। तब कहीं अभी हाल में चालीस साल पहले आदमी को हवाई जहाज बनाने दिया। तुम शायद यह विश्वास करते हो कि कबीर महात्मा थे, त्यागी थे। वे खुद भूखे रह जाते थे, पर दूसरों को खिला देते थे, तुम उन्हें समझे ही नहीं। वे इतने बुद्धू नहीं थे, जितना तुम उन्हें समझते हो। उनका दोहा है :

साईं इतना दीजियो, जामें कुटुम समाय।
मैं भी भूखा न रहूँ, साधू न भूखा जाय।

जरा गौर करो—कितनी चालाकी से भरा दोहा है यह! पहले तो उन्होंने कुटुम्ब का इन्तजाम कर लिया, फिर अपना, 'मैं भी भूखा न रहूँ' और इसके बाद बचे तो 'साधु न भूखा जाए।' अपने और परिवार के बाद उन्हें साधु की याद आई। और तुम कहते हो, वे खुद भूखा रहकर दूसरों को खिलाते थे।''

काका ने फिर एक आँख बन्द की और सफेद बाल को चुटकी में पकड़ा। मैंने उनकी व्यस्तता का फायदा उठाया और खिसक लिया।

सोचा, इस मुहल्ले में सबसे असहाय वह मौसी है, जो बूढ़ी है, बीमार है और अकेली है। उसका भला करना चाहिए।

मैं मौसी के घर पहुँचा।

पुकारा, ''मौसी!''

मौसी कड़कड़ाई, ''कौन है रे?''

मौसी ज्यों-ज्यों बूढ़ी और बीमार होती गई है, त्यों-त्यों निर्मम और कर्कश होती गई है। ममता भी शक्ति के साथ चलती है। निर्बल का क्या प्रेम, क्या ममता और क्या सहानुभूति!

मैंने कहा, ''चल, तुझे डॉक्टर के पास ले चलता हूँ।''

उसने कहा, ''अरे, अब क्या डॉक्टर के पास जाऊँ? अब तो भगवान के पास ही जाऊँगी, बेटा!''

मैंने कहा, ''मौसी, क्या तू जीने से बिलकुल ऊब गई?''

मौसी ने कहा, ''हाँ रे, अब तो जल्दी मौत आ जाए, तो ठीक रहे।''

मैंने कहा, ''तो मौसी, ला, मैं तेरा गला घोंट देता हूँ।''

मौसी भन्ना उठी, ''तेरे मुँह में आग क्यों नहीं लगती रे!''

मैंने कहा, ''नाराज न हो, मौसी। मैं तो तेरा भला करना चाहता हूँ। घुटवाने में तकलीफ हो तो जहर ला देता हूँ।''

अब मौसी मुझे गाली देने लगी।

मैंने कहा, ''मौसी, न तू जीना चाहती है, न मरना। न दवा खाती है, न जहर। आखिर मैं तेरा भला किस तरह करूँ?''

मौसी टर्राई, ''मैं ही मिली हूँ तुझे भला करने को? इतने लोग पड़े हैं, उनका भला क्यों नहीं करता?''

मैंने मौसी को छोड़ा।

गणेश बाबू के पास पहुँचा।

''गणेश बाबू, आप कह रहे थे कि आपकी तरक्की रुकी हुई है। चलिए, सेक्रेटरी से कहकर करवा दूँ?''

''तरक्की तो पिछले महीने हो चुकी। सत्यनारायण-कथा भी हो गई।''

''तो एक तरक्की और दिला देता हूँ?''

''इतनी जल्दी-जल्दी तरक्की नहीं होती।''

वाजपेयीजी के पास पहुँचा।

''वाजपेयीजी, आपके बच्चों को स्कूल में भरती करा दूँ?''

''आप किस दुनिया में रहते हैं! भरती तो जुलाई में हो चुकी। यह अगस्त का चौथा हफ्ता है।''

कोई ऐसा नहीं मिला, जिसका भला मैं कर सकूँ। घर लौट आया। अब मुझे समझ में आया कि लोग स्वार्थी क्यों हो जाते हैं। वे दूसरों का भला करना चाहते हैं, पर कोई उनसे भला कराने को तैयार नहीं होता। निराश होकर वे अपना भला करने

लगते हैं। लोग उनकी निन्दा करते हैं, पर वे दया के पात्र हैं। वे मजबूरी में स्वार्थी हो गए हैं।

मुहल्ले में शायद खबर फैल गई थी। दोपहर को एक आदमी आया और बोला, ''सुना है, आप किसी का भला करने के लिए सवेरे से विकल हैं, पर कोई फँस नहीं रहा है? मैं अपना भला कराए लेता हूँ। कितने रुपए देंगे?''

मैंने कहा, ''रुपए तो मेरे पास हैं नहीं। तुम चाहो तो भला कराकर मुझे पाँच जूते मार लेना।''

उससे सौदा नहीं पटा।

आखिर तीसरे पहर शिवशंकर बाबू आए। उनका विकास शहर में दीखता है। एक से तीन मकान हो चुके हैं। मिसेज शिवशंकर का भी खूब विकास हुआ है। कपड़े छोटे पड़-पड़ जाते हैं। जायदाद की जाँच होती है तो शिवशंकर कह देते हैं—ससुराल की तरफ से मिली है। न जाने ऐसे ससुर किस कोने में रहते हैं, जो जिन्दगी-भर किस्तों में दहेज देते हैं? और वे हमेशा सरकार के कुछ महकमों के अफसरों को ही बेटी क्यों ब्याह देते हैं?

शिवशंकर बाबू ने कहा, ''आप भला करना चाहते हैं न, तो मेरा भला कीजिए। मेरा तबादला एक बहुत खराब जगह हो गया है। मुझे किसी अच्छी जगह भिजवाइए।''

मैं बहुत खुश हुआ और शाम को बड़े साहब के बँगले में पहुँच गया।

वे लॉन में खड़े थे। दोनों हाथ पतलून को जेब में डाले थे।

मैंने पूछा, ''आप लोग पतलून की जेब में हाथ डाले क्यों रहते हैं?''

साहब ने कहा, ''हाथ इतने गन्दे होते हैं कि उन्हें छिपाए रहते हैं।''

वे डूबते सूरज को इस तरह देख रहे थे, जैसे वह उनका चपरासी हो! उन्होंने आसमान को ऐसे देखा, जैसे वह उनके सामने क्लर्की का इंटरव्यू देने आया हो!

मैंने कहा, ''आप खुलकर फूल क्यों नहीं तोड़ते...? खुलकर उसे क्यों नहीं सूँघते?''

साहब ने जवाब दिया, ''कई सालों का ऐसा अभ्यास पड़ गया है कि अपने ही बगीचे का फूल तोड़ते जी धड़कता है।''

''कैसा लगता है?''

''ऐसा लगता है, जैसे पौधे से घूस ले रहे हैं!'' उनके मुख पर चौकस मुसकान आ गई।

''कहिए, क्या काम है?''

''मुझे आपने पहचाना नहीं?''

''नो, आई डोंट रिमेम्बर।''

''पिछले साल आपका एक 'स्कैंडल' अखबार में छपने आया था, जिसे मैंने रुकवाया था।''

''कैसा स्कैंडल? मुझे तो कुछ मालूम नहीं!''

''पिछले साल मेरी गली के कुत्तों ने आपको देखकर भौंकना बन्द कर दिया था। वे फोटो और चिट्ठियाँ अभी भी मेरे पास रखी हैं।''

अब उन्होंने मुझे एकदम पहचान लिया।

फिर चेहरे पर मीठी मुसकान आ गई।

उपदेश—अगर चाहते हो कि कोई तुम्हें हमेशा याद रखे, तो उसके दिल में प्यार पैदा करने का झंझट न उठाओ। उसका कोई स्कैंडल मुट्ठी में रखो। वह सपने में भी प्रेमिका के बाद तुम्हारा चेहरा देखेगा।

उन्होंने हाथ मिलाया। मेरा नाम बताया। अपने पास कुर्सी पर बैठा लिया।

चेहरे पर फिर मुसकान। चौकस। एक बटे सौवें किलोमीटर का भी फर्क नहीं। चश्मे की तरह पहनी हुई।

मैंने पूछा, ''यह किस दुकान पर मिलती है?''

''क्या?''

''यही मुसकान? चश्मे की दुकान पर मिलती है कि जनरल स्टोर में?''

''यह तो हम लोगों को सरकार की तरफ से सप्लाई होती है। दस-बारह तरह की होती है। पहली मुसकान जो मैंने आपको दी थी, 'माइनस वन' नम्बर की है। वह टालने के काम आती है।''

''दो-चार मुझे मिल सकती हैं?''

''हाँ-हाँ, जितनी चाहिए, स्टोर से निकलवा दूँगा।''

''क्या दाम लगेंगे?''

''कुछ नहीं। मेरे हैडक्लर्क के बच्चे भी तो आखिर दफ्तर के फार्मों पर स्कूल का कच्चा काम करते हैं।''

''फिर भी आपको मुसकानों का हिसाब तो रखना पड़ता होगा?''

''तो क्या हुआ? राइट ऑफ कर दूँगा। लिखा दूँगा—छह मुसकानें सड़ गईं।''

मुझे शिवशंकर के तबादले की बात करनी थी। एकदम से यह बात छेड़ देना ठीक नहीं। पहले कुछ यहाँ-वहाँ की बातें करके फिर धीरे से शिवशंकर की बात भी कर लूँगा।

मैंने कहा, ''ये जो समाजवादी विकास-योजनाएँ चल रही हैं, सार्वजनिक क्षेत्र में उद्योग चल रहे हैं, इनसे देश की हालत में कितना परिवर्तन हो रहा है?''

साहब बोले, ''देश में भारी परिवर्तन हो रहा है साहब। देखिए न, कपूर फाइनेंस में चला गया, करेला का होम में तबादला हो गया, शर्मा एजूकेशन में चला गया, रस्तोगी डिस्ट्रिक्ट में चला गया, वर्मा फिर एक्साइज में लौट आया...''

मैंने कहा, ''मेरा मतलब है, देश की हालत में कुछ खास परिवर्तन हुए हों तो...''

साहब बोले, ''हाँ–हाँ, खास–खास ही बता रहा हूँ—राय 'लीव' पर चला गया, श्रीवास्तव की इनक्वायरी हो रही है, भगत अभी फॉरेस्ट में गया है, बन्दोबस्तकर को स्पेशल ड्यूटी पर भेज दिया, सेंगर डेवलपमेंट में चला गया, पी.के. ट्रांसपोर्ट में गया, रेवेन्यू में कश्यप फिर आ गया, शंकर जी.ए.डी. में चला गया।''

मैंने और निश्चित सवाल किया, ''इस बीच देश की हालत में कुछ सुधार हुआ है?''

साहब बोले, ''सुधार! अरे, हालत बिगड़ी है। आपको मालूम नहीं, सक्सेना मुझे सुपरसीड कर गया?''

साहब उदास हो गए।

अपने पपीते के पौधों को देखकर बोले, ''यह पपीता बाद में लगाया था, पर यह पहले वाले को सुपरसीड कर गया।''

मैंने कोशिश की कि इनका ध्यान इस दुखद प्रसंग से हटाऊँ। मैंने कहा, ''यह बताइए कि देश की इस साल की सबसे बड़ी घटना कौन–सी है?''

वे बोले, ''यही, सक्सेना मुझे सुपरसीड कर गया।''

उन्हें सुख देना मेरे वश के बाहर की बात थी। आखिर मैंने शिवशंकर के तबादले की बात की।

साहब ने कहा, ''कहाँ तबादला कर रहे हैं? फलाँ जगह सी.एम. का भानजा है, फलाँ जगह ई.एम. का साला है...''

मैंने पूछा, ''कोई ऐसी जगह नहीं है, जहाँ किसी का कोई नहीं हो?''

साहब बोले, ''हाँ, एक जगह है, और वहीं तो यह शिवशंकर है।''

मैं घर लौट आया। शिवशंकर का भला भी मेरे हाथों नहीं हो सका।

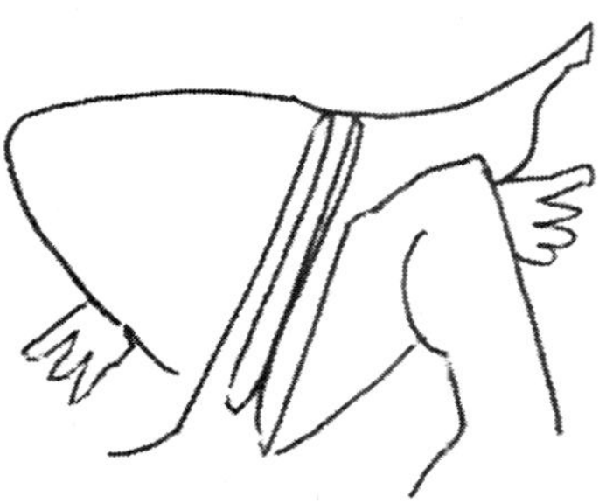

रामभरोसे का इलाज

काका यथास्थान बैठे थे।

मुझे देखा तो पूछा, ''क्यों हातिम साहब, करा दिया उस भ्रष्ट शिवशंकर का तबादला?''

मैंने कहा, ''काका, वह हो ही नहीं सका।''

काका बोले, ''मैं जानता था, तुमसे किसी का भला नहीं हो सकता। अरे, पहले तबादले के सिद्धान्त समझो, तब उसमें हाथ डालो। देखो, साहब जब खुद तबादला करता है, तब वह दंड होता है। और जब किसी की प्रार्थना पर करता है, तब वह कृपा होती है। कृपा करने का कोई नियम शासन में नहीं है, पर सजा देने की छूट है। तुम कोशिश करके शिवशंकर को सजा दिलवाओ, तो तबादला हो जाएगा।''

''सजा क्यों दिलवाऊँगा?''

"सजा उसके भले के लिए दिलवाओ। उससे कहो कि वह आज से लगातार तीन दिन साहब के बँगले के सामने खड़ा होकर उन्हें गालियाँ दे। जब साहब उसे डाँटने आएँ, तब अपना नाम और पद बता दे। साहब गुस्से से कहेगा—'बदमाश, मैं तेरा ट्रांसफर कर दूँगा।' दूसरे दिन शिवशंकर का तबादला हो जाएगा।"

"मगर काका, कहीं साहब..."

"और कुछ नहीं करेगा, कर ही नहीं सकता। ये बड़े-बड़े अफसर बेचारे बहुत कमजोर होते हैं। ये तबादले से ज्यादा कुछ कर ही नहीं सकते। अगर ये कहें कि तुम्हें मार डालूँगा, तो समझो कि ये तबादले करेंगे।"

"पर काका, शिवशंकर गाली देने की हिम्मत नहीं कर सकता।"

"सो मैं जानता हूँ। वह पैसा खाता है न! गाली वही दे सकता है, जो रोटी खाता है। पैसा खाने वाला सबसे डरता है। जो सरकारी कर्मचारी जितना नम्र होता है, वह उतने ही पैसे खाता है। शिवशंकर को कुत्ता काट खाए, तो उसे भी गाली नहीं देगा। कहेगा—श्वानश्रेष्ठ! काट लिया तो कोई बात नहीं, पर मेरी रिपोर्ट मत कर देना। अच्छा, तबादले का दूसरा सिद्धान्त है, जो जहाँ ठीक काम कर रहा है, उसे वहाँ से हटाना। अंग्रेजों के जमाने से जनता और सरकार में दुश्मनी का सम्बन्ध चला आ रहा है न! ज्योंही ऊपर के अधिकारियों को मालूम होता है कि कर्मचारी अच्छा काम कर रहा है और उससे जनता को फायदा है, त्योंही उसका तबादला करा दिया जाएगा। तुम शिवशंकर की तारीफ किसी अखबार में छपा दो। उसका ट्रांसफर हो जाएगा।"

काका ने एक आँख बन्द करके मूँछ का एक सफेद बाल पकड़ा और झटका दिया। आँखों में आँसू आ गए, पर बाल न उखड़ा।

गमछे से आँसू पोंछते हुए बोले, "बुढ़ापे का एक-एक बाल रुलाता है।"

मैंने कहा, "इससे तो अच्छा है, उस्तरा फिरवा लें।"

वे बोले, "नहीं, मूँछों से चेहरा रौबदार होता है। रौब से आदमी बड़ा होता है। अगर रवीन्द्रनाथ वैसा सुन्दर रेशमी चोगा न पहनते, तो क्या इतने बड़े कवि माने जाते? शरत्चन्द्र ने मामूली धोती-कुरता पहना, तो नतीजा भी भुगता। बंगाल के बाहर अपनी जिन्दगी में तो जा नहीं पाए। खैर, छोड़ो इस रूपक-रहस्य को। तुम्हें काम बताता हूँ। वह जो रामभरोसे खोमचेवाला है न, वह सख्त बीमार है। रात से बेहोश है। दो-तीन आदमी उसे लेकर डॉक्टर के पास गए हैं। मगर उन लोगों का भरोसा नहीं। उन पर उसकी उधारी है। वे तभी तक उसके साथ हैं, जब तक वह बेहोश है। उसे होश आते ही वे छोड़ भागेंगे। तुम पर अगर उसकी उधारी नहीं हो, तो तुम उसके इलाज का प्रबन्ध करा दो।"

मैं अन्दाज से अस्पताल पहुँच गया। बरामदे में दो-तीन पड़ोसी भरोसे को फर्श पर लिटाकर बैठे थे। मैंने उसे हिलाया। वह बोला नहीं। फिर पुकारा, "भरोसे,

जरा होश में तो आओ। देखो, कौन आए हैं! सब उधारी वाले तुम्हारे आसपास इकट्ठे हैं।''

फिर भी उसने आँखें नहीं खोलीं।

सामने से मुझे हरिराम मास्टर आते दीखे। मगर हरिराम तो चार-पाँच साल पहले मर चुके थे!

मास्टर मेरे पास आ गए। बोले, ''पहचाना?''

''हाँ-आँ, कुछ-कुछ...मगर...''

''हाँ, मैं वही हूँ—हरिराम मास्टर! इधर फाटक पर बिना इलाज के मर गया था न! अब प्रेत बनकर इलाज कराने आया हूँ।''

''मगर ये लोग प्रेत का इलाज करते भी हैं?''

''करते हैं। इनके हिसाब में देखो—कई नाम लिखे रहते हैं, जिनके लिए दवा स्टोर से निकल जाती है। वे वास्तविक आदमी नहीं होते, प्रेत होते हैं। मेरे मरने के बाद इन लोगों ने मेरा नाम रजिस्टर पर चढ़ा लिया और खर्च बताने लगे। अब मैं खुद आ गया।'' मास्टर ने कहा, ''इस भरोसे के मरने में कितनी देर है?''

''क्या पता! इसे तो अच्छा कराने लाए हैं।''

''तो दौड़-धूप करो। डॉक्टरों के पीछे पड़ो। ऐसे तो यह सृष्टि के अन्त तक पड़ा रहेगा। देखो, फाटक के बाहर वे मरीज हफ्ते से पड़े हैं, अभी तक उनकी जाँच नहीं हुई।''

मैं सामने सुपरिंटेंडेंट के कमरे में घुस गया। बिना पूछे घुस जाने से वह समझा कि यह ऐसा आदमी है, जिसे यह हक है। वह नम्र हो गया। बोला, ''कहिए, क्या आज्ञा है?''

मैंने कहा, ''एक तो शिकायत है। फाटक पर कई दिनों से मरीज पड़े हैं, मगर उनकी जाँच नहीं हो रही है।''

सुपरिंटेंडेंट ने चश्मा निकालकर रख दिया और मुझे नंगी आँखों से देखा। वे अन्दाज लगा रहे थे कि मैं कमरे से बाहर फेंक देने के काबिल हूँ या जवाब के काबिल। मैं जवाब के काबिल निकला। वे मुझे समझाने लगे, ''देखिए, आपका खयाल गलत है। उनकी जाँच तो हो रही है। इसे हम प्राथमिक जाँच यानी प्राइमरी इनवेस्टिगेशन कहते हैं। यह जरा टेक्निकल चीज है। बाहर मरीजों को पड़े रहने देकर हम उनके रोग की जाँच करते हैं, और उन मरीजों को छाँटते हैं, जो इलाज के लायक हैं। इनमें जो ज्यादा बीमार हैं, वे तो मर ही जाएँगे। उनकी चिकित्सा में जनता का पैसा क्यों बरबाद किया जाए? जो कम बीमार हैं, वे ऊबकर घर लौट जाएँगे। जिन्हें इस अस्पताल में घुसने की गुप्त सुरंगें मालूम हैं, वे उनसे भीतर घुस आएँगे। अब जो बचेंगे, वे सच्चे मरीज होंगे। उनका इलाज होगा।''

मैंने कहा, "यह वैज्ञानिक पद्धति मुझे मालूम नहीं थी। आम लोगों को नहीं मालूम। लोग अज्ञानवश शिकायत करते हैं। मगर एक बात तो बताइए—अस्पताल में घुसने के लिए सुरंगें भी हैं?"

"हाँ-हाँ, कई सुरंगें हैं। पर वे गुप्त हैं। उनमें फाटक लगे हैं, जिनमें ताले जड़े हैं।"

"तो उनमें से कैसे घुसा जाता है?"

"यह रहस्य है। यहाँ बताने का हुक्म डॉक्टरों को नहीं है। घर पर बताया जाता है।"

मैंने कहा, "एक मरीज मैं भी लाया हूँ। उसकी हालत खराब है। उसे यहीं बरामदे में मरने दूँ या घर में?"

"जहाँ आपकी इच्छा हो। दोनों जगह सुभीते हैं।"

मैंने उसे भर्ती करने पर जोर दिया, तो डॉक्टर ने मुझे एक फार्म दिया। कहा, "इसे भर दीजिए।"

फार्म में कई बातें पूछी गई थीं। कुछ प्रश्न ये थे :

1. मरीज क्यों अच्छा होना चाहता है?
2. उसे इलाज कराने का क्या हक है?
3. मरीज से या उसके सहायकों से कौन-कौन डॉक्टर डरते हैं और क्यों डरते हैं?
4. मरीज की चिकित्सा ठीक करने से डॉक्टरों का क्या फायदा होगा? न करने से क्या नुकसान होगा?
5. ऐसे पाँच बड़े आदमियों के नाम लिखो, जो चाहते हैं कि मरीज स्वस्थ हो जाए।
6. मरीज का पॉलिटिक्स क्या है?

और प्रश्नों के जवाब तो जैसे-तैसे मैंने लिख दिये, पर आखिरी सवाल पर अटक गया। भरोसे का क्या पॉलिटिक्स लिखूँ?

मैंने डॉक्टर से कहा, "यह आदमी खोमचा लगाता है। उसका क्या पॉलिटिक्स?"

डॉक्टर ने कहा, "होता है। कीड़े और चींटे तक का पॉलिटिक्स होता है।"

"पर वह तो बेहोश है। उससे तो पूछा नहीं जा सकता।"

"तो अपना पॉलिटिक्स लिख दीजिए। अस्पताल में 'एम' और 'डी' दल हैं। आप किस दल के हैं?"

"इन दलों के राजनीतिक सिद्धान्त क्या हैं?"

"एक-दूसरे को उखाड़ना।"

"ये दल किस महापुरुष ने बनाए थे?"

"सरकार ने ही बनवाए हैं। मंत्रिमंडल ने अपनी एक विशेष बैठक में तय किया था कि जैसे हमारे बीच दो गुट हैं, वैसे ही शासन के सब विभागों में हो जाना चाहिए। हर सरकारी कर्मचारी से फार्म भरवाया है कि वह किस गुट का है।"

मैंने पूछा, "आप किस गुट में हैं?"

डॉक्टर ने जवाब दिया, "मैं तो 'एम' गुट में हूँ। तभी तो 'डी' गुट ने पिछले महीने मेरा तबादला करा दिया था। मैं दो-तीन स्टेशन ही पहुँचा था कि 'एम' गुट ने मेरा तबादला कैंसिल करा दिया। मुझे रेलगाड़ी में ऑर्डर मिला और मैं दूसरी गाड़ी से लौट आया। यहाँ स्टेशन पर उतरा, तब तक 'डी' वालों ने फिर तबादला करा दिया था। मैं फिर गाड़ी पर चढ़ गया। तीसरे स्टेशन पहुँचते ही फिर कैंसिल होने का ऑर्डर मिल गया और मैं लौट पड़ा। इस तरह लगभग एक हफ्ते तक मैं यहाँ से तीसरे स्टेशन तक जाता और लौटता रहा। तब तक 'एम' गुट जोरदार हो गया था और मैं यहीं रह गया।"

मैंने कहा, "डॉक्टर साहब, मैं तो न 'एम' का हूँ न 'डी' का। पर रामभरोसे को 'एम' गुट में होना चाहिए। वही लिख देता हूँ।"

फार्म भरकर मैं दूसरे कमरे में गया। वहाँ एक डॉक्टर ने फार्म देखा और कहा, "अच्छा, 'एम' वाला है! इसका डॉक्टर तय करिए। पैसा उछालिए। चित 'एम', पट डी।"

मैंने पैसा उछाला। 'डी' निकला।

डॉक्टर ने कहा, "मरीज 'एम' गुट का है। डॉक्टर 'डी' गुट का है। बोलिए, इलाज कराना है या नहीं?"

मैं डॉक्टर का इशारा समझ गया, पर कोई दूसरा रास्ता नहीं था। मैंने उसे एक वार्ड में भरती करा दिया।

मैंने देखा, वार्ड के आसपास मरीजों के रिश्तेदार डंडे लेकर पहरा दे रहे हैं।

एक डंडाधारी से पूछा, "डंडा लिये क्यों खड़े हो?"

"हमारा साला यहाँ इलाज करवा रहा है। उसकी रखवाली कर रहे हैं।"

"उसे किससे डर है?"

"डॉक्टरों से। यह वार्ड 'डी' वालों का है। अगर इधर कोई 'एम' वाला डॉक्टर आ गया और उसकी छाया भी किसी मरीज पर पड़ गई, तो 'एम' वाले डॉक्टर उसे मर जाने देंगे। इसीलिए जब कोई 'एम' वाला डॉक्टर इधर आता दीखता है, हम लट्ठ घुमाने लगते हैं और वह भाग जाता है।"

मैंने उससे कहा, "भाई, सात नम्बर में एक गरीब आदमी पड़ा है। उसकी तरफ से लट्ठ उठानेवाला कोई नहीं है। तुम उसे भी डॉक्टरों से बचाना।"

लट्ठधारी बोला, "आप बेफिक्र रहिए। उसका कोई डॉक्टर बाल बाँका नहीं कर सकता।"

तीन-चार दिन बीत गए। भरोसे की हालत बिगड़ती ही गई। वह कराहता, तो उसे डाँट पड़ जाती—'ए बुड्ढ़े, क्यों हल्ला करता है?' वह चुप हो जाता। इसे डॉक्टर 'सुधार' कहते थे।

पाँचवें दिन मैंने डॉक्टर से कहा, ''इसकी हालत अब कैसी है?''

''सुधार हुआ है।''

''मुझे तो और बिगड़ी नजर आती है।''

''बिगड़ना भी तो सुधार है। जैसी हालत में आया था, वैसी तो नहीं है। यही सुधार है।''

''पर यह सुधार तो मौत की तरफ जा रहा है।''

डॉक्टर दार्शनिक हो गया। बोला, ''मौत तो जीवधारी का सबसे बड़ा सत्य है। देह नाशवान है। आत्मा अमर है। आत्मा को टाइफायड नहीं होता। अगर यह शुद्ध आत्मा हो जाएगा, तो कभी इसे रोग नहीं होगा।''

मैंने कहा, ''सुना है, यहाँ डॉक्टर सिन्हा इस रोग के विशेषज्ञ हैं। उन्हें मरीज को दिखा दीजिए न!''

डॉक्टर ने कहा, ''नहीं, नहीं, यह तो नीति-विरुद्ध होगा। गीता में भगवान कृष्ण ने कहा—स्वधर्म मरणं श्रेय परधर्म भयावह! अपने डॉक्टर के हाथ से मरना अच्छा, पर दूसरे डॉक्टर के हाथ से बचना भी अच्छा नहीं। नहीं भाई, मुझसे धर्म-विरुद्ध काम नहीं होगा।''

मैंने कहा, ''पर यहाँ भी तो उसका इलाज ठीक ढंग से नहीं हो रहा है। कोई उस पर ध्यान नहीं देता!''

डॉक्टर ने समझाया, ''खोमचे वाले का इलाज तो खोमचे वाले सरीखा ही होगा, कोई मिनिस्टर या रईस तो है नहीं।''

डॉक्टर के तर्क अकाट्य थे। भरोसे ने बीमार पड़कर गलती की—यह तो सही है। उसके पास बताने के लिए सिर्फ गरीबी थी। इस गरीबी से आखिर कितना इलाज होता? एक डॉक्टर के बारे में सुना था कि वह बड़ा ईश्वरभक्त है। सुबह-शाम पूजा करता है। वह शायद रामभरोसे पर ध्यान दे, यह सोचकर मैं उसके बँगले पर पहुँचा।

वह पूजा कर रहा था। सोचा, पूजा के ठीक बाद, जब उसका मन पवित्र होगा, मैं रामभरोसे के लिए दया माँगूँगा।

पूजा का कमरा पास ही था और मैं उसकी स्तुति सुन रहा था—'दीनबन्धु कृपालु भगवन हरण भव भय दारुणं!'

फिर मेरे कानों में ये शब्द पड़े—'हे भगवान, करुणानिधान, तू सब भक्तों पर कृपा करता है। मुझ क्षुद्र भक्त की भी एक प्रार्थना सुन ले। हे दीनबन्धु, तू वार्ड तीन के सातवें नम्बर के मरीज को इस दुनिया से उठा ले।'

मैंने सुना तो सन्न रह गया। यही तो रामभरोसे के बेड का नम्बर था।

डॉक्टर बाहर आया तो मैंने कहा, ''आप उस मरीज को क्यों मारना चाहते हैं?''

डॉक्टर ने जवाब दिया, ''मैं 'एम' गुट का हूँ और वह 'डी' गुट वाले डॉक्टरों के चार्ज में है। अगर वह मर गया तो 'डी' वाले बदनाम होंगे और मैं उनकी इनक्वायरी कराऊँगा।''

मैंने बँगले के बाहर आकर सोचा, 'अस्पताल जाऊँ या नहीं जाऊँ? रामभरोसे को वहाँ से बाहर निकाल लूँ या पड़ा रहने दूँ?'

मैंने तय किया कि मुझे घर लौट जाना चाहिए। रामभरोसे को उसके भगवान के सुपुर्द कर देना चाहिए। आदमी उसके लिए कुछ नहीं कर सकता।

युग की पीड़ा का सामना

मैंने एक अखबार में शिवशंकर की तारीफ छपवा दी थी। सुबह अखबार निकला था। लगभग दस बजे मैं शिवशंकर के घर की तरफ चल पड़ा।

जगन्नाथ काका अपनी जगह पर बैठे थे। पूछा, ''कहाँ जा रहे हो?''

मैंने कहा, ''शिवशंकर से मिलने।''

वह बोले, ''वह इस दुनिया में अब नहीं मिलेगा। उससे मिलने दूसरी दुनिया में जाने की तुम्हारी तैयारी मुझे नहीं दीखती।''

मैंने कहा, ''तो क्या शिवशंकर...''

''हाँ, वह अभी घंटे-भर पहले मर गया।''

''कैसे? कैसे मर गया?''

''तुमने जो उसकी तारीफ आज के अखबार में छपाई है, उसने उसके प्राण ले लिये। मैं अगर सरकार में कहीं कुछ होता, तो तुम्हें हत्या के जुर्म में अभी गिरफ्तार कर लेता।''

मैंने कहा, "काका, मुझे आपकी बात बिलकुल समझ में नहीं आती। आखिर तारीफ से आदमी कैसे मर जाएगा?"

काका ने बताया, "देखो, हुआ ऐसा कि उसके पड़ोसी ने सुबह अखबार में उसकी तारीफ पढ़ी। वह शिवशंकर के पास गया और बोला—'शिवशंकर बाबू, आज अखबार में आपके बारे में छपा है।' यह सुनते ही शिवशंकर घबराकर चिल्लाया—'अरे बाप रे! छप गया!' और वहीं गिर पड़ा। थोड़ी देर बाद उसके प्राण निकल गए।"

मैंने कहा, "पर छपी तो उसकी तारीफ थी!"

काका ने कहा, "उसे क्या मालूम? तुमने उसे पहले बताया तो होगा नहीं। वह समझा कि जिस बात के छपने से वह डर रहा था, वह छप गई। देखो, जमाना इतना खराब आ गया है कि बिना पहले सूचित किए, किसी की तारीफ भी नहीं करनी चाहिए। किसी पर दया करनी है तो बताकर करो। उपकार कर रहे हो, तो पहले बता दो कि मैं तुम्हारा उपकार कर रहा हूँ।"

मुझे दुख हुआ, "उसके बीवी-बच्चों का अब क्या होगा?"

मैंने अपनी चिन्ता प्रकट की तो काका हँसे। कहने लगे, "तुम बड़े भोले हो। बीवी-बच्चों के तो शुभ दिन अब आए हैं। वह शिवशंकर घूस और सरकारी पैसा खाकर काफी बड़ी जायदाद और नकद छोड़ गया है। बीवी-बच्चे अब बेखटके उसका उपयोग कर सकते हैं। अगर वह जिन्दा रहता, तो हमेशा डर बना रहता कि न जाने कब पकड़ा जाए और सम्पत्ति जब्त हो जाए! मरे आदमी की कोई जाँच नहीं करता। भ्रष्टाचारी अगर जल्दी मर जाए, तो परिवार को बड़ी सुविधा होती है।"

तीसरे पहर शिवशंकर की अन्त्येष्टि से लौटा। मन खिन्न था। एक पत्रिका पलटी, तो उसमें सत्येन्द्र की एक कविता मिली। उसे पढ़ा तो मन और बैठ गया। सत्येन्द्र हमारा बड़ा प्रतिष्ठित कवि है। उसकी कविताओं और कहानियों में बड़ी पीड़ा है। हर कविता और कहानी में वह कहता है कि जिन्दगी की कमर टूट गई है, दर्द ने हमें दबा रखा है, जीवन अर्थहीन बोझ है और हम मरना चाहते हैं। मुझे उसके बारे में चिन्ता होने लगी है। कहीं वह कुछ कर न बैठे! सोचा, कॉफी-हाउस में वह मिल जाएगा। उससे उसकी तकलीफ पूछूँ और उसे बचाने की कोशिश करूँ।

चौराहे पर आया, तो सामने से त्रिवेदी आते दिखे। मुझे डर लगा कि ये दो-तीन घंटे मुझे रोक लेंगे। मगर उनके साफ कपड़े देखकर मेरा भय जाता रहा। त्रिवेदी जब साफ कपड़े पहने होते हैं तब किसी सेक्रेटरी या मंत्री से मिलने जाते होते हैं। तब वह औपचारिक दुआ-सलाम करके छोड़ देते हैं। मगर गन्दे कपड़ों में त्रिवेदी फुरसत में होते हैं, और दो-तीन घंटे रोककर बातें करते हैं। कभी मैंने सोचा था कि इनके कपड़े मैं धो दिया करूँ, जिससे यह हमेशा बड़ों से मिलने जाया करें और हमारा वक्त न लें। पर डर यह है कि जब मैं कपड़े धोने इनके घर जाऊँगा, तब तो यह गन्दे कपड़ों में होंगे और पकड़कर बिठा लेंगे।

त्रिवेदी साहित्य की 'लिफ्ट' में चढ़कर, बटन दबाकर सरकारी नौकरी की ऊँची मंजिल पर पहुँच गए हैं। साहित्य उनसे छूट गया है, क्योंकि साहित्य का काम अच्छी दुकान या अच्छी नौकरी लगने तक ही होता है। पर पिछले दस सालों से मैं उनकी ग्लानि का साक्षी हूँ। उन्हें बराबर लगता रहा है कि उनकी जिन्दगी बरबाद हो रही है। वह जब मुझे मिलते हैं, जिन्दगी बरबाद होने का रोना रोते हैं। आज समय कम था, इसलिए संक्षेप में अपना दुखड़ा रोने लगे, "यार, हमारी तो 'लाइफ' ही बरबाद हो गई। सरकारी नौकरी ने सारी प्रतिभा खा ली। साहित्य-सेवा की क्या-क्या उमंगें मन में थीं, पर धरी रह गईं। जब हमने 'तरंग के प्रति' कविता लिखी थी, तब रचनात्मक शक्ति चरम बिन्दु पर थी। पर फिर इस कोल्हू में जुत गए। हिन्दी ने हमसे क्या-क्या उम्मीदें की थीं। ऐसी आत्मग्लानि होती है कि मर जाने को जी चाहता है। मगर अब तय कर लिया है—बस, सिर्फ एक साल नौकरी और करूँगा, फिर सब छोड़कर साहित्य-साधना करूँगा—चाहे भूखा रह लूँ। बस, मुझे एक साल और दो।"

मैंने उसे एक साल और दिया। दस सालों से एक-एक साल दे रहा हूँ। हर साल वह नौकरी छोड़ने की घोषणा करते हैं।

मैंने कहा, "त्रिवेदी जी, साहित्य-रचना चाहे आप न करते हों, पर लोग आपको भूले नहीं हैं। आपके मातहत कर्मचारी आपकी प्रतिभा पर लेख लिखते ही रहते हैं। और अभी आपके महकमे के 'क्लास फोर' कर्मचारियों ने जो साहित्य-समिति बनाई है, उसका उद्‌घाटन भी आपसे ही कराया था।"

त्रिवेदी खुश हुए। बोले, "अरे भाई, हिन्दी माता बड़ी उदार है। अपने नालायक बेटे को भी नहीं भूलती।"

उन्होंने कॉलर ठीक किया।

मैंने पूछा, "इस वक्त कहाँ जा रहे हैं?"

जवाब दिया, "सेक्रेटरी से मिलने जा रहा हूँ। तीन महीने से प्रमोशन रुका पड़ा है।"

मैंने कहा, "अभी तो आप कह रहे थे कि नौकरी में जिन्दगी बरबाद हो रही है, और अब तरक्की की कोशिश करने जा रहे हैं?"

वह बोले, "अरे यार, जब जिन्दगी बरबाद ही होनी है, तो उसे प्रमोशन पर बरबाद क्यों न किया जाए!"

वह प्रमोशन पर जिन्दगी बरबाद करने चल दिये और मैं सत्येन्द्र की खोज में कॉफी हाउस पहुँचा।

कॉफी हाउस में घुसते ही सामने की टेबल पर जो देखा, उससे थोड़ी देर तो मैं चकरा गया। हमारे वयोवृद्ध आदरणीय लेखक आचार्य हेमन्तजी बैठे थे। वह कॉफी हाउस में कभी नहीं आए थे। वह इसे अभारतीय मानते रहे हैं। ठंडाई की दुकान में जाते थे। वह भारतीय है। उनके कॉफी हाउस में होने से ज्यादा अचरज में डालने वाली उनकी सज्जा थी। वह अपने पोते का निकर पहने थे, ऊपर रंग-बिरंगी तसवीरों

वाली कमीज। हाथ में उनके एक झुनझुना था और वह एक चॉकलेट चूस रहे थे। मेरे होश लौटे तो मैंने कहा, ''अरे आचार्यजी, आप यहाँ और ऐसे!''

मैं उनके चरण छूने आगे झुका। चरण-स्पर्श करवाना उनका खास शौक था। ठंड में वह पूरा शरीर कम्बल से ढक लेते थे, पर पैर बाहर रखे बैठे रहते थे, जिससे भक्तों को सुभीता हो।

उन्होंने मुझे रोका, ''अरे-अरे, यह क्या करते हो? मैं प्रौढ़ नहीं हूँ। बच्चा हूँ। मुझे आशीर्वाद दो। मैं तो उदीयमान हूँ।''

उन्होंने झुनझुना बजाया और कहा, ''हमें चॉकलेट खिलाओ।''

मुझे लगा कि आचार्यजी पागल हो गए हैं। मैंने कहा, ''मगर यह क्या हो गया है आपको? किसी नए लेखक ने कुछ खिला तो नहीं दिया?''

वह बोले, ''नहीं, मैं अपनी मर्जी से ही बालक हो गया हूँ। देखता हूँ कि इस जमाने में नए का बोलबाला है। तो मैं भी नया बन गया। तुमसे भी छोटा बन गया। मैं झुनझुना बजाता हूँ और चॉकलेट खाता हूँ—यानी नए से भी नया हूँ। और 'मॉडर्न' भी हो गया हूँ—यह शर्ट देखो, नंगी औरतों की तसवीरें छपी हैं और लिखा है—'लव मी, लव मी, लव मी'।''

मैं उन्हें हैरत से देखने लगा। वह बच्चे की तरह बोले, ''अंकल, हमें चॉकलेट खिलाओ न!''

मैंने कहा, ''आचार्यजी, यह तो ठीक है, पर लिखने के बारे में क्या कर रहे हैं?''

उन्होंने कहा, ''लिख भी नया रहा हूँ। जो लिख चुका हूँ, उसे फिर से लिख रहा हूँ, मगर हिज्जे और वाक्य-विन्यास की गलतियाँ करता जाता हूँ। वह नया हो जाता है।''

थोड़ी देर उनके पास बैठकर मैं कोने की टेबल पर बैठे सत्येन्द्र के पास पहुँचा।

मैंने कहा, ''वह जो एक वयोवृद्ध कवि हेमन्तजी बैठे हैं, उन्हें जानते हो न?''

सत्येन्द्र ने कहा, ''कौन कवि? कवि तो पहले कोई नहीं हुआ। कविता तो मुझसे आरम्भ होती है।''

मैंने कहा, ''पहले कोई कवि नहीं हुआ? तुलसीदास? सूरदास? कालिदास? ये भी नहीं?''

सत्येन्द्र बोला, ''ये कवि कहाँ थे? जब मुझसे पहले कविता लिखी ही नहीं गई, तो कवि कैसे हो जाएँगे?''

उसने कॉफी का आखिरी घूँट लिया और प्याला सरका दिया। मुझसे कहा, ''क्या आप मुझे कॉफी पिलाने आए हैं?''

मैंने कहा, ''आया तो किसी और कारण से था, पर कॉफी तुम्हें पिला दूँगा।''

मैंने कॉफी का ऑर्डर दिया।

मैंने कहा, ''आपकी रचनाएँ मैं पढ़ता रहता हूँ। उनमें बड़ी पीड़ा है। लगता है, आपके मन में दर्द जमकर बैठ गया है। क्या तकलीफ है आपको?''

उसमें चैतन्य आ गया। सिगरेट फेंककर बोला, "वह युग की पीड़ा है। अपने जमाने का सारा दर्द हम पी रहे हैं। वही जहर बनकर हमारी रचना में आता है।"

मैंने पूछा, "युग की पीड़ा की शिकायत आपको कब से है?"

उसने कहा, "यों पन्द्रह-सोलह साल की उम्र से है। मेरे पेट में तब बड़ा दर्द रहता था। यह तीन-चार साल चला। फिर इलाज से अच्छा हो गया।"

मैंने कहा, "यानी उस वक्त युग तुम्हारे पेट में था?"

वह बोला, "हाँ, मगर उसके बाद युग की पीड़ा मेरे भीतर फैलने लगी। आत्मा में आ गई। अँगुलियों के पोरों तक पहुँच गई। फिर बैंक-एकाउंट में फैली, फिर फर्नीचर में, कपड़ों में और बेडरूम में। अब जीवन अर्थहीन है। संसार ही अर्थहीन हो गया है। किसी चीज में कोई अर्थ नहीं रह गया।"

मैंने कहा, "तो क्या मर जाने की तबीयत होती है?"

वह बोला, "हाँ, लेकिन मृत्यु भी तो अर्थहीन है। इसलिए उसे भी नहीं स्वीकारा जाता। हम कुछ स्वीकार नहीं कर सकते।"

इसी समय दो खूबसूरत बच्चों को लेकर एक दम्पती भीतर आया और एक टेबल पर जाकर बैठ गया। माता-पिता बच्चों को प्यार करने लगे।

सत्येन्द्र उन्हें देखता रहा और उसके चेहरे पर घृणा आ गई। कहने लगा, "देखो, कितने उल्लू हैं! अपने बच्चों को प्यार करते हैं, बेवकूफ!"

वह उन्हें देखता रहा। बड़े दर्द से बोला, "मैं निपट अकेला हूँ।"

मैंने पूछा, "अकेले क्यों हो?"

उसने कहा, "क्योंकि मैं किसी से मिलता-जुलता नहीं हूँ। सबको मेरे पास आना चाहिए। वे नहीं आते हैं, तो अकेला हूँ।"

कॉफी आ गई। हम कॉफी पीते हुए बातें करने लगे।

मैंने कहा, "भाई सत्येन्द्रजी, मुझे अभी आपकी पीड़ा का रहस्य समझ में नहीं आया।"

उसने खीजकर मेरी तरफ देखा। बोला, "तुम्हें क्या पीड़ा नहीं दीखती? क्या इस युग के संकट से तुम अनभिज्ञ हो?"

मैंने कहा, "मुझे कुछ पीड़ा और संकट तो दीखते हैं। सत्रह साल बाद भी देश भूखा और नंगा है। छोटे-छोटे बच्चे होटलों में काम करते हैं। नाबालिग लड़कियाँ पेट भरने को चकलों में बैठ जाती हैं। दहेज के कारण लड़कियाँ बिन-ब्याही सूख जाती हैं। हर तरफ लूट-खसोट है। साधारण आदमी का कई तरफ से खून चूसा जा रहा है और कोई बचाव का रास्ता नजर नहीं आता। उधर युद्ध का संकट है। यह सब तो मेरी समझ में भी आता है। यही क्या युग की पीड़ा है? यही तुम्हारे दर्द और संकट की अनुभूति का उत्स है?"

सत्येन्द्र ने मेरी तरफ देखा, जैसे मैं कोई बच्चा हूँ! बोला, "आप बहुत नासमझ हैं। युग की पीड़ा अपने भीतर से उपजती है। जमाने का मेरे प्रति जो कर्तव्य है, वह

जब नहीं करता, तब घोर पीड़ा होती है। देखो, सुबह से मुझे तीन कप कॉफी अपने पैसे से पीनी पड़ी है। मुझे पीड़ा नहीं होगी? मुझे कुल 800 रु. तनख्वाह मिलती है और उस नरेन्द्र को 1000 रु., प्रथमेश के अभी-अभी 1200 रु. हुए हैं! मुझे रात-भर इस पीड़ा से नींद नहीं आती है। सुरेश के पास कार हो गई, मालूम है आपको? और मैं टैक्सी लेता हूँ! मैं इतना बड़ा लेखक हूँ। यहाँ तीन गर्ल्स-कॉलेज हैं। उनकी सारी लड़कियों को मेरे इर्द-गिर्द होना चाहिए कि नहीं? मगर कोई नहीं आती। इस असंस्कृत समाज में दम घुटता है मेरा। और आप पूछते हैं, यह पीड़ा कहाँ से आती है? हम इस सारे जहर को पीते जाते हैं। दुनिया अर्थहीन हो गई है। और लोग हैं कि खाते-पीते हैं, शादी-ब्याह रचाते हैं, बच्चे पैदा करते हैं और बच्चों को प्यार करते हैं! सब-के-सब गँवार, जड़ और संवेदनहीन हैं।''

सत्येन्द्र बहुत क्रोध में आ गया था। उसने एक घूँट में सारी कॉफी निगल ली और कप जोर से पटक दिया। उसके 'मूड' को देखकर ऐसा लगता था, जैसे वह अभी जाकर रेलगाड़ी के सामने गिर जाएगा।

मैंने उसे शान्त करने की कोशिश की। कहा, ''बन्धु, ज्यादा मत घुटो। कहीं पेट का दर्द फिर न उभर आए। मुझे बताओ, मैं तुम्हारे लिए क्या कर सकता हूँ?''

वह बोला, ''आप मेरे लिए कुछ नहीं कर सकते। आप जाइए। मुझे अकेला छोड़ दीजिए। मैं आपसे घृणा करता हूँ।''

मैं उठ लिया। आचार्य हेमन्त के पास से निकला, तो उन्होंने पूछा, ''क्यों साहब, हमारे उन अंकल को क्या हो गया?''

मैंने कहा, ''वह युग की पीड़ा से त्रस्त हैं।''

हेमन्तजी ने कहा, ''हमारे जमाने में यह बीमारी नहीं थी। बड़ा प्राण-लेवा रोग है। दूसरे महायुद्ध के बाद दुनिया में फैला है।''

हेमन्तजी फुग्गा फुलाने लगे और मैं कॉफी-हाउस से बाहर आ गया।

राष्ट्र का नया बोध

एक रात मैंने विचित्र सपना देखा।

शहर के मैदान में केन्द्र और राज्य के मंत्री फौजी पोशाक पहने हाथों में तलवार लिये खड़े हैं। वर्दी शुद्ध खादी की है। उनके सामने मुनाफाखोर, कालाबाजारी और अनाज दबाने वाले लाए जा रहे हैं और वे तलवार से उनका सिर काटते जाते हैं। बीच-बीच में लाउडस्पीकर पर घोषणा हो रही है—'जाओ, जनता को भूखा मारनेवालो, जनता के और दुश्मनों को हमारे सामने लाओ। हम उनका सिर काट लेंगे। जल्दी करो, हमें फिर दूसरे शहर जाना है।'

जनता जय बोल रही है। स्त्रियाँ आरती लिये खड़ी हैं कि ये सिर काटने से निपट जाएँ, तो इनकी आरती उतारें।

मंत्रियों के चेहरे पर न घृणा थी, न क्रोध था। आँखों से प्रेम टपक रहा था। पचासों सालों की अहिंसा और प्रेम की ट्रेनिंग से यह अनुशासन आया था।

सुबह मैंने काका से इसका जिक्र किया। उन्होंने थोड़ी देर सोचा। फिर कहा, ''सपने का कारण तो साफ है। तुम रोज अखबारों में मंत्रियों के धमकी-भरे वक्तव्य पढ़ते हो, इसीलिए ऐसा सपना आया। मगर लक्षण अच्छे नहीं हैं।''

मैंने कहा, ''क्यों काका, इसमें क्या बुरा है? सपना यही तो संकेत करता है कि सरकार जनता के दुश्मनों का नाश करने के लिए कटिबद्ध है!''

काका जोर से हँसे। बोले, ''वाह, कटिबद्ध! बढ़िया शब्द तुमने कहा। सारी मुसीबत इसी शब्द की लाई हुई है। यही कुछ नहीं करने देता। मंत्रियों के वक्तव्य होते हैं कि हम ऐसा करने को 'कटिबद्ध' हैं। जानते हो, इसके बाद वे क्या करते हैं? धोती को कस लेते हैं और सन्तुष्ट होते हैं कि जो कहा था, वह कर दिखाया। कमर कसने का वादा किया था, सो कस ली। बहुत लोग इसी वादे को निभाने के लिए ढीली धोती पहनते और 'कटिबद्ध' का वक्तव्य देकर कस लेते हैं। कमर कसनेवालों से हम परेशान हैं, मन कसने वाले चाहिए।''

मैंने कहा, ''पर आप सपने का फलितार्थ बता रहे थे न!''

वे बोले, ''हाँ, देखो आयुष्मान, चुने हुए आदमी का फौजी पोशाक पहनना अशुभ संकेत है। और फिर जब मंत्री खुद अपराधी का सिर काटे, तो मतलब हुआ कि शासन फेल हो गया, समझे? तुम ऐसे अशुभ सपने मत देखा करो। आदमी चाहे सोए नहीं, पर उसे अपने सपने नहीं बिगाड़ने चाहिए।''

मैं चुप हो गया।

काका बोले, ''सुन्न मत पड़ो। कुछ करो। देखो यह अखबार। इसमें फिर प्रधानमंत्री से लेकर राज्य-मंत्रियों तक के वक्तव्य हैं कि किसी भी भ्रष्टाचारी को माफ नहीं किया जाएगा। कड़े-से-कड़ा दंड दिया जाएगा। जाओ, कुछ मुनाफा-खोरों को शासन के सुपुर्द कर आओ। ये लोग रोज जनता का सहयोग माँग रहे हैं।''

शर्मा मास्टर ट्यूशन पढ़ाकर लौटते हुए खड़े हो गए थे। बोले, ''दो व्यापारियों को तो मैं जानता हूँ जिनके पास अनाज दबा है। एक के पास लगभग पाँच हजार बोरे और दूसरे के पास पाँच सौ।''

मैंने कहा, ''तो चलो अधिकारियों के पास। उन्हें अभी पकड़वा देते हैं।''

शर्मा मास्टर ने आधे दिन की छुट्टी ली और मेरे साथ हो लिए।

चौराहे पर आए तो देखा कि पुलिस बहुत है और सवारियों को नियंत्रित कर रही है। हम चौराहा पार करने लगे तो एक पुलिस इन्स्पेक्टर चिल्लाया, ''ए, श्रीमानजी, अन्धे हो क्या? दिखता नहीं है, रास्ता बन्द है?''

हम रुक गए। मैंने मास्टर से पूछा, ''आज ये लोग 'श्रीमानजी' क्यों बोल रहे हैं? सुनो, सबसे 'श्रीमानजी' कह रहे हैं।''

मास्टर ने कहा, ''पुलिस का 'शिष्टाचार-सप्ताह' चल रहा है। इस सप्ताह वे नागरिकों से बड़ा नम्र व्यवहार करते हैं। उन्हें सिखाया गया है कि हर आदमी को 'श्रीमानजी' कहना चाहिए।''

एक राहगीर को पुलिस ने रोका और कहा, ''क्यों बे श्रीमानजी के बच्चे, देखता नहीं है, तेरे बाप यहाँ खड़े हैं?''

एक आदमी सड़क के बीच से चलने लगा। पुलिसवाला चिल्लाया, ''जरा किनारे से चल, साले श्रीमानजी! पूरी सड़क श्रीमानजी के बाप की नहीं है।''

हमारा रास्ता खुला। हम सीधे कलेक्टर के पास पहुँचे।

हमने कहा, ''सरकार ने जनता का सहयोग माँगा है। हम सहयोग देने आए हैं। ये मास्टर साहब दो व्यापारियों के पास अनाज दबा हुआ देख आए हैं। उन्हें फौरन पकड़िए और अनाज जब्त कर लीजिए।''

कलेक्टर ने हमारा बड़ा आभार माना। कहने लगे, ''आप लोग जागरूक नागरिक हैं। आगे इतिहास में आपका नाम सोने के अक्षरों में लिखा जाएगा।''

मैंने कहा, ''अपने इतिहास का भी ध्यान रखिए और सख्त कार्रवाई करिए।''

साहब ने कहा, ''जरूर, जरूर, मैं अभी जाँच का आदेश देता हूँ।''

मैंने कहा, ''इसमें जाँच की क्या जरूरत है? ये अभी देखकर आ रहे हैं।''

साहब ने कहा, ''फिर भी जाँच तो करनी ही पड़ेगी।''

मैंने कहा, ''सामने गोदाम भरा पड़ा हो, तब भी जाँच की जाएगी?''

वे बोले, ''हाँ, जाँच किए बिना कोई कदम कैसे उठाया जाएगा? आप बेफिक्र रहिए। फौरन जाँच होगी और सख्त कदम उठाया जाएगा। आपको उसकी सूचना हमारी तरफ से मिलती रहेगी।''

दूसरे दिन हमने इस उम्मीद से अखबार उठाया कि उनमें उन व्यापारियों की गिरफ्तारी का समाचार छपा होगा। समाचार नहीं था। सारा नगर-पृष्ठ एक अपढ़ नेता के भाषण से भरा था, जिसमें उसने कहा था कि कालिदास को मैं भी अब बड़ा कवि मानने लगा हूँ।

तीसरे दिन हमें एक पत्र की नकल मिली, जो शासन ने उन व्यापारियों को लिखा था। मजमून यह था :

'श्री सेठ अमुकजी,

शासन को कुछ लोगों ने सूचना दी है कि आपके पास अनाज का स्टॉक दबा है, जिसे आप कालाबाजार में बेच रहे हैं। वे आप पर कार्यवाही करने के लिए सरकार पर दबाव डाल रहे हैं। आपको सूचित किया जाता है कि हम आगामी एक सप्ताह तक जाँच करेंगे। इन सात दिनों में आप बचाव के लिए जो करना चाहें, करें। पीछे शासन को दोष न दिया जाए कि आपको पहले बताया नहीं। एक सप्ताह बाद हम अचानक छापा मारेंगे।'

मैं साहब के पास पहुँचा। उनसे कहा, ''यह क्या किया जा रहा है? उन्हें शासन ने बचने का वक्त क्यों दे दिया?''

साहब बोले, ''यह सरकार की नीति ही है। सरकार कायर नहीं है कि धोखे से किसी को जाकर पकड़ ले। सरकार बहादुर है। वह होशियार करके पकड़ती है। हमारा पुलिसमैन भी चोर को पकड़ने जाता है, तो सीटी बजाता हुआ जाता है। वह चोर को चेतावनी देता है कि चोरी कर ली हो और बुजदिल हो, तो भाग जा। बहादुर हो तो सामने आ जा।''

मैंने कहा, ''लेकिन हुजूर, सरकार की बहादुरी चाहे इससे सिद्ध हो जाए, पर वे स्टॉक तो यहाँ-वहाँ कर देंगे। फिर क्या आप उनका खाली गोदाम गिरफ्तार करेंगे?''

साहब ने कहा, ''देखते जाइए, क्या होता है। यह उचक्कों का काम थोड़े ही है कि चाहे जहाँ उचककर पहुँच गए! एक गम्भीर, प्रतिष्ठित सरकार का काम है।''

मैंने पूछा, ''तो अब मैं क्या करूँ?''

साहब ने आश्वस्त किया, ''आपको कुछ नहीं करना है। अभी तो हमें भी कुछ नहीं करना है। जो करना है, वह उन व्यापारियों को ही करना है।''

दो दिन बाद मुझे उन व्यापारियों की कैफियत की नकल मिली।

पाँच हजार बोरे वाले ने लिखा था :

'हमारी फर्म पर यह आरोप कुछ समाज-विरोधी तत्त्वों ने लगाया है। यह इल्जाम कि हमारे पास अनाज का स्टॉक दबा है और हम कालाबाजारी कर रहे हैं, सरासर झूठ है। हमारे कथन की सत्यता नीचे लिखे प्रमाणों से सिद्ध होती है :

1. नगरपालिका में इस समय सात सदस्य हमारे हैं। अगर हम नाराज हो गए, तो ये सातों सरकारी गुट के विरोध में हो जाएँगे। तब नगरपालिका सरकारी गुट के हाथ से निकल जाएगी।
2. एम.एल.ए. बाँके बाबू पहले हमारे ससुर की दुकान पर मुनीम थे। आजकल उनकी सरकार में अच्छी चल रही है। बाँके बाबू के गुट में पन्द्रह एम.एल.ए. हैं। इन्हीं के समर्थन से सरकारी पार्टी का यह गुट मंत्रिमंडल बना सका है। अगर बाँके बाबू नाराज हो जाएँ, तो इस गुट की सत्ता छिन जाएगी। उनका चुनाव-खर्च हम देते हैं और जात-बिरादरी के वोट भी दिलाते हैं। बाँके बाबू ने फोन पर राजधानी में हमारी बात कह दी है।
3. हम पार्टी-फंड में और हर चुनाव-फंड में भरपूर चन्दा देते हैं।
4. जब खाद्यमंत्री आए थे, तब हमने उनके सम्मान में दावत दी थी।

इन तथ्यों से प्रमाणित होता है कि मेरे पास अनाज का एक दाना भी दबा हुआ नहीं है। यदि फिर भी हम पर शक हो तो राजधानी से पूछ लिया जाए।'

पाँच सौ बोरे वाले ने कैफियत दी :

'हम छोटे व्यापारी हैं फिर भी हम नियमों का पूरी तरह पालन करते हैं। सरकार ने अफसरों से लेकर चपरासी तक के जो 'रेट' निश्चित किए हैं, वे हम बराबर देते रहते हैं। चन्दा भी हम हैसियत के मुताबिक देते हैं। और भी जो हुक्म होगा, हम करने को तैयार हैं। जब हम कानून का इस हद तक पालन करते हैं, तब हमारे पास अनाज दबा रह ही नहीं सकता। हम पर झूठा इल्जाम लगाया जा रहा है।'

आठवें दिन मैं फिर साहब के पास पहुँचा, ''साहब, जाँच पूरी हो गई?''

वे बोले, ''हाँ, पूरी कर ली है। मालूम हुआ है कि दोनों के पास स्टॉक नहीं है।''

मैंने पूछा, ''जाँच किसने की?''

उन्होंने कहा, ''यह बात उनकी कैफियतों से सिद्ध होती है।''

मैंने कहा, ''जनाब, यह बात झूठ है। पाँच सौ वाले ने तो स्टॉक यहाँ-वहाँ कर दिया है, पर पाँच हजार वाले का गोदाम भरा है। आप अभी चलकर जब्त कर सकते हैं।''

साहब ने कहा, ''जब कुछ है नहीं, तो जब्त क्या किया जाएगा? मुझे तो राजधानी से भी खबर मिली है कि उसके पास कुछ नहीं है। यहाँ खबर जब राजधानी से आती है; तब वही सच होती है। हमारी सब खबरें उससे कट जाती हैं। राजधानी की एक आँख हमारी लाख आँखों से तेज होती है। जब वह खुलती है, हमारी चौंधिया जाती हैं।''

मैं निराश होकर लौट आया।

दूसरे दिन साहब ने मुझे बुलाया। बड़े प्रेम से समझाया, ''देखो भाई, बुरा मत मानो। शासन ने तुम्हारी इच्छा पूरी कर दी है। तुन तो दो व्यापारियों को गिरफ्तार करवाना चाहते थे; हमने तुम्हारे लिए आज तीन व्यापारी गिरफ्तार कर लिये हैं। एक के पास आधा बोरा चावल का जंगी स्टॉक दबा था, दूसरे के पास बीस किलो और तीसरे के पास पन्द्रह किलो। अब तो तुम्हें सन्तोष हो गया होगा।''

दो-तीन दिन बाद शर्मा मास्टर रोते हुए आए। कहने लगे, ''आपने मुझे फँसा दिया। मेरी नौकरी अब जाने वाली है।''

उन्होंने एक कागज मुझे दिया। स्कूल के मैनेजर की शर्मा मास्टर के नाम चेतावनी थी कि 'आजकल आप स्कूल का काम छोड़कर राजनीति में भाग ले रहे हैं। यदि आपने अपने को नहीं सुधारा, तो नौकरी से निकाल दिए जाएँगे।'

मेरे पीछे सरकार के गुप्तचर-विभाग का एक आदमी लग गया। मैं उसे पहचानता था। पूछा, ''क्यों भाई, मेरे पीछे क्यों वक्त बरबाद कर रहे हो?''

उसने कहा, ''आप पर नजर रखने का हुक्म हुआ है।''

मैंने पूछा, ''मगर मैंने ऐसा क्या किया है?''

उसने जवाब दिया, "सरकार को खबर मिली है कि आप राष्ट्र-विरोधी काम करते हैं।"

मेरे मुँह से निकला, "राष्ट्र-विरोधी! तो क्या वे लोग ही राष्ट्र हैं?"

उसने पूछा, "कौन लोग?"

मैं चुप हो गया। इसे क्या मालूम?

प्रेमी के साथ एक सफर

जगन्नाथ काका के साथ मैं एक बारात से लौट रहा था। एक डिब्बे पर बारातियों ने कब्जा कर लिया था। काका ने मुझसे कहा, ''अगर अपना भला चाहते हो, तो दूसरे डिब्बे में बैठो। बाराती से ज्यादा बर्बर जानवर कोई नहीं होता। ऐसे जानवरों से हमेशा दूर रहना चाहिए। लौटती बारात बहुत खतरनाक होती है। उसकी दाढ़ में लड़की वाले का खून लग जाता है और वह रास्ते में जिस–तिस पर झपटती है। कहीं झगड़ा हो गया, तो हम दोनों भी उनके साथ पिटेंगे।''

हमने सोने के डिब्बे में बैठने की जगह ले ली।

सामने की बेंच पर एक वृद्धा, एक जवान लड़की और एक जवान आदमी बैठे थे। काका उन तीनों को ध्यान से देख रहे थे।

मैंने बात शुरू करने के लिए कहा, ''काका, अमेरिका उत्तरी वियतनाम पर बमबारी बन्द नहीं कर रहा।''

काका ने ध्यान नहीं दिया।

थोड़ी देर बाद मैंने फिर कहा, ''मद्रास में हिन्दी-विरोधी आन्दोलन बहुत उग्र हो गया।''

वे बोले, ''जरा चुप रहो।''

वे उन तीनों मुसाफिरों को ध्यान से देख रहे थे। कुछ मिनट बाद बोले, ''आयुष्मान, तुम मुझे अन्तर्राष्ट्रीय और राष्ट्रीय समस्याओं में फँसा रहे थे। मेरे सामने जो समस्या है, उसे तो पहले सुलझाओ। बताओ, वह युवक बुढ़िया का कौन है?''

मैंने कहा, ''लड़का मालूम होता है। बड़ी सेवा कर रहा है तब से।''

काका बोले, ''नहीं, यह लड़का नहीं हो सकता। यह सेवा तो बुढ़िया की करता है पर सेवा की मान्यता का 'रिकार्ड' लड़की की आँखों में खोजता है। यह लड़की का प्रेमी है। ठीक प्रेमी भी नहीं है, प्रेमी होने की राह पर है। प्रेमी हो जाने पर प्रेमिका की अम्मा की सेवा में कोई वक्त बरबाद नहीं करता। फिर तो दरवाजे पर सिर्फ पूछ लेता है—अम्मा, अच्छी तो हो? और फिर 'सुषमा की पढ़ाई कैसी चल रही है?' कहता हुआ लड़की के कमरे में घुस जाता है।''

काका फिर उधर देखने लगे। एकाएक बोले, ''हाय-हाय, इस देश में लड़की के दिल में जाना हो, तो माँ-बाप के दिल की राह से जाना होता है। माँ-बाप की सेवा करने में ही प्रेमी के अंजर-पंजर ढीले हो जाते हैं। शीरीं के बाप ने कह दिया कि पहाड़ में से नहर खोद लाओ, तो वह उल्लू का पट्ठा फरहाद कुदाली उठाकर खोदने ही लगा।''

मैंने कहा, ''मगर काका, मामला अगर पक्का न हो गया होता, तो ये इस तरह सफर क्यों करते? पहले से कुछ तय मालूम होता है।''

काका ने कहा, ''नहीं। इस जवान की गहरी पहचान इनसे पहले से नहीं है। कभी-कभार आना-जाना होता होगा। बुढ़िया इससे बाजार से सामान मँगवाती होगी और लड़की भी ऊन का नमूना देकर बाजार से भाव पुछवा लेती होगी। बस, अभी बेचारा प्रभाव डालने की स्थिति में ही है। सोचा होगा, इस सफर में वह काम पूरा कर डालेगा। रेल में दस-बारह घंटे लड़की का साथ रहे, तो दस साल का काम पूरा होता है। एक दिन का सफर एक जिन्दगी के बराबर होता है। जिन्दगी में रोज-रोज पड़ने वाले सारे काम सफर में होते हैं और उम्मीदवार अपनी पूरी योग्यता जता सकता है।''

काका की बात सही थी। वह तब से जता रहा था। उसने खिड़की ठीक खोल दी थी। पंखे का रुख वृद्धा की तरफ कर दिया था। दो बर्थों पर बिस्तर खोलकर बिछा दिये थे। पानी भरकर ले आया था।

उसने कुली को पैसे दिये थे, तो ऊपर से दस पैसे और दे दिये थे। कहा था— 'ले, दस पैसे और ले जा। गरीब आदमी है।' उसने शायद लड़की को यह बताया कि वह बड़ा उदार है।

वह दो-तीन पत्रिकाएँ ले आया। सबके ऊपर फिल्मी पत्रिका रखकर लड़की को पुलिन्दा दे दिया। फिल्मी पत्रिका के कवर पर एक जोड़े का चित्र था—प्रेमी प्रेमिका का हाथ अपने हाथ में लिये था। लड़की ने पत्रिकाएँ ले लीं और उन्हें पलटने लगी।

काका ने मेरे कान में कहा, ''देखा, वह फिल्मी पत्रिका और वह चित्र? वह उसे सुझा रहा है कि अपना भी ऐसा ही हो जाए, तो अच्छा रहेगा, है न?''

मैं उन लोगों की तरफ देखने लगा। काका ने कहा, ''आयुष्मान, तुम उन लोगों को इस तरह लगातार मत देखो। यह बुरा माना जाएगा। मुझे ही देखने दो। बुजुर्ग का खास 'प्रिवलेज' (विशेष हक) है कि किसी भी औरत को घूर सकता है, और कोई बुरा नहीं मानता। सफेदी की आड़ में हम बूढ़े वह सब कर सकते हैं, जिसे करने की तुम जवानों की भी हिम्मत नहीं होती।''

प्रेमी पान ले आया था। उसने पान का पत्ता बुढ़िया की तरफ बढ़ाया। बुढ़िया ने दो पान ले लिये। उसने पत्ता लड़की की तरफ बढ़ाया। उसने भी एक पान ले लिया। वह आशावान हो गया।

वृद्धा के लिए वह तमाखू लाना भूल गया था। वह डिब्बे से उतरा और पान वाले से तमाखू लेकर चलती गाड़ी में चढ़ गया।

वृद्धा को तमाखू दी तो उसने चिन्ता बताई, ''भाड़ में जाती तमाखू! तू चलती गाड़ी में चढ़ा, तो मुझे बड़ा डर लग रहा था।''

उसने जवाब दिया, ''तो क्या हुआ? आगे न जाने कहाँ तमाखू मिलती!''

वृद्धा ने कहा, ''हाँ, बेटा, बिना तमाखू मेरा चलता ही नहीं है। पान-पत्ते जैसा बेस्वाद लगता है। पर तू इस तरह चलती गाड़ी में मत चढ़ा कर।''

लड़के ने लड़की की तरफ देखा।

काका ने कान में कहा, ''देखो, वह उससे कह रहा है कि तुम्हारे लिए मैं खूब तेज गाड़ी से उतरकर चढ़ सकता हूँ। मैं बहादुर हूँ और प्राणों को हमेशा हथेली पर लेकर चलता हूँ।''

इतने में डिब्बे का कंटक्टर आया और वह उससे अंग्रेजी में अपनी 'बर्थ' के लिए बहस करने लगा, ''बट आई टोल्ड यू...''

काका ने कहा, ''देखो, अंग्रेजी में उसे डाँट रहा था। अभी भी इस देश के नौजवानों का यह खयाल है कि लड़कियाँ अंग्रेजी बोलने वाले से प्यार करती हैं। क्यों आयुष्मान, अगर यह उस वक्त गाड़ी के नीचे आ जाता तो?''

मैंने कहा, ''तो क्या? प्रेम में बलिदान तो होता ही है।''

काका ने कहा, ''पर यह प्रेम में बलिदान कहाँ होता? वह तो बुढ़िया की तमाखू के लिए जान दे देता! इस देश के युवकों को प्रेम पर मरना भी तो नहीं आता। प्रेम में मरेंगे, तो घिनापन से। मरते किसी और कारण से हैं, मगर सोचते हैं कि प्रेम में मर रहे हैं। अच्छा, बताओ, अब यह क्या करेगा?''

मैंने कहा, ''अब यह चेन खींचकर बताएगा। बुढ़िया का शॉल खिड़की से फेंक देगा और चेन खींच देगा।''

काका ने कहा, ''नहीं, और सोचो।''

मैंने कहा, ''तो सब मुसाफिरों को पैसे बाँटेगा।''

काका ने कहा, ''नहीं। उदारता तो वह कुली को दस पैसे देकर जता चुका।''

मैंने और सोचकर कहा, ''तो वह गाना गाकर बताएगा।''

काका हँसे। कहने लगे, ''नहीं, गानेवाला 'टाइप' नहीं है यह। तुम्हें प्रेमियों के बारे में कुछ नहीं मालूम। मैं तो चेहरा देखकर बता सकता हूँ कि वह कब से प्रेम कर रहा है, किस 'स्टेज' पर है और आगे क्या करनेवाला है।''

मैंने कहा, ''तो आप ही बताइए, वह क्या करेगा?''

काका ने कहा, ''अब यह किसी से लड़ बैठेगा। कोमलता जता चुका, अब कठोरता जताएगा। जब तक पुरुष नारी को यह न बता दे कि मैं जंगली जानवर भी हूँ, तब तक वह समझता है कि मेरी पूरी शख्सियत नहीं उभरी। यह अब किसी ऐसे मुसाफिर की तलाश करेगा, जो इससे कमजोर हो। उससे किसी बहाने लड़ पड़ेगा। होशियार हो जाओ, इसके शिकार हम भी हो सकते हैं।''

मैंने कहा, ''अगर वह हम पर हाथ उठाएगा, तो हम भी उसे...''

काका ने कहा, ''नहीं, उसे पलटकर मारने से वह लड़की की नजर से गिर जाएगा। प्रेम-भंग करना बड़ा पाप है।''

मैंने कहा, ''मगर अजनबी के हाथ से पिट जाना क्या अच्छा है?''

काका ने कहा, ''मेरा खयाल है, ऐसी सूरत में हम पिटे-जैसे तो लगें, मगर चोट न आए—ऐसी कोशिश करनी चाहिए। उसके प्रेम के लिए हमें थोड़ी तकलीफ हो ले, थोड़ी बेइज्जती हो जाए, तो बरदाश्त कर लेना चाहिए। यों एक-दूसरे को बचाने की कोशिश करनी चाहिए।''

हम सँभलकर बैठ गए। प्रेमी अपनी आस्तीन सँभालता हुआ चारों तरफ देख रहा था।

एक खूबसूरत नौजवान हाथ में अटैची लेकर स्टेशन से चढ़ा। प्रेमी ने उसे जाँचा। वह उसके पास से निकला, तो अटैची उसे छू गई। प्रेमी भनभनाकर खड़ा हो गया। उसका कॉलर पकड़ा, गाली दी, एक चाँटा मारा और उसे ढकेलकर गिरा दिया। हम उठे और मामला वहीं रोक दिया। हमने लड़के को समझाकर बिठा

दिया। वह खिड़की के पास की अलग सीट पर बैठ गया। क्रोध और शर्म से उसका चेहरा लाल हो गया था।

प्रेमी ने लड़की की तरफ देखा। वह खिड़की से बाहर देख रही थी। प्रेमी जोर से शेखी बघारने लगा। बुढ़िया से बोला, ''लोग बीच में न आते, तो उसे अधमरा कर देता।''

लड़की ने मुँह फेरा। नफरत से उसकी तरफ देखा और फिर एक नजर उस लड़के की तरफ फेंकी।

काका ने कहा, ''आयुष्मान, अब नाटक गहरा होता जा रहा है। अभी इसमें तीन कोने निकले आते हैं।''

प्रेमी परेशान होने लगा। लड़की बार-बार उस पिटे हुए लड़के की तरफ देखने लगी।

प्रेमी ने बुढ़िया की तरफ पान बढ़ाए। उसे झपकी लग गई थी। उसने लड़की की तरफ पान बढ़ाया। लड़की ने बेरुखी से 'नहीं' कह दिया। उसने नफरत से भरकर उसकी तरफ देखा।

लड़की खिड़की से बाहर देखती और फिर नजर घुमाकर लड़के की तरफ देख लेती। लड़का भी खिड़की से बाहर देखता और फिर नजर घुमाकर लड़की की तरफ देख लेता। आगे चलकर लड़का लड़की की खिड़की से बाहर का दृश्य देखता और लड़की लड़के की खिड़की से देखती।

काका ने कहा, ''दे दिया! दे दिया!''

मैंने पूछा, ''क्या दे दिया, काका? किसने दे दिया?''

काका ने कहा, ''स्त्री ने अपने को कमजोर को दे दिया। औरत भी बड़ी विचित्र होती है। जो पिटा बैठा है, उसे अपने को दे देती है। हरे, हरे, तिरिया चरित्र वगैरह सब हो गया।''

प्रेमी की हालत अब खराब हो गई थी। वह पछता रहा था। सुनाकर कह रहा था, ''मुझे खुद अफसोस है कि मैंने उसे मार दिया।''

काका ने कहा, ''आयुष्मान, यह अपनी बहादुरी के कारण मारा गया। इस वक्त वह यह चाह रहा है कि कोई उसे मारे। वह पिटना चाहता है। तुम हमेशा दूसरों का भला करते रहते हो। उठकर इस प्रेमी को दो चाँटे जमा दो। वह तुम्हारा बड़ा उपकार मानेगा।''

मैंने कहा, ''ऐसा कैसे हो सकता है, काका? बिना कारण, बिना क्रोध के मैं उसे कैसे मार दूँ?''

काका ने कहा, ''उसके भले के लिए। जैसे डॉक्टर बिना क्रोध के शरीर पर छुरी चलाता है। वह बेचारा बड़ी कातरता से देख रहा है कि उसे कोई पीट दे, तो वह भी उस नारी की करुणा का अधिकारी बन जाए। उसे पिटने वाले से स्पर्धा करनी पड़ रही है न!''

मैंने कहा, "आप ही उसे मार दीजिए न?"

काका बोले, "बूढ़े से पिटने से उसका काम नहीं बनेगा। वह किसी जवान आदमी से पिटना चाहता है। और फिर दूसरों का भला करने का बीड़ा तुमने उठाया है कि मैंने?"

इतना कहकर काका उठे और उससे कहने लगे, "भाई प्रेमी, अगर किसी के हाथ पिटने से तेरा बिगड़ा काम बनता हो, तो मैं अपने इस साथी से तेरी मदद करवाऊँ?"

सुनते ही लड़की बहुत जोर से हँसी। लड़का भी हँसने लगा।

काका निराश होकर बैठ गए।

वाक आउट ! स्लीप आउट ! ईट आउट !

यह एक सपना है। दुनिया की किसी विधान-सभा की तसवीर इसमें नहीं है। सपने का फल क्या है, यह अलबत्ता राजनीतिक ज्योतिषियों के लिए विचारणीय है।

जरा देर पहले ही आँख लगी थी।

क्या देखता हूँ कि मैं विधान सभा भवन में खड़ा हूँ।

बाईं तरफ मुझे एक बड़ा हॉल दीखा और उसमें घुस गया। वहाँ आधे हिस्से में मुलायम सोफे रखे थे और बाकी आधे में तख्त बिछे थे, जिन पर मोटे गद्दे और गोल तकिए पड़े थे। सोफों पर पैर फैलाकर कई आदमी लुढ़के थे। तख्तों पर कई आदमी सो रहे थे।

मैंने एक कर्मचारी से पूछा, 'क्या यही विधान सभा है?'

उसने कहा, 'विधान सभा तो पूरी इमारत में फैली है।'

मैंने कहा, 'मेरा मतलब है कि क्या विधान सभा की बैठक यहीं हो रही है?'

उसने कहा, 'नहीं! बैठक तो भीतर सभा-भवन में हो रही है। यह तो विश्रामकक्ष है। यहाँ बैठक नहीं, 'लेटक' होती है।'

एक तख्त खाली देखकर मुझे आलस्य सताने लगा। मैं उस पर लेटने ही वाला था कि उस कर्मचारी ने मेरा हाथ पकड़ लिया। बोला, 'ठहरो-ठहरो, यह क्या कर रहे हो?'

मैंने कहा, 'सोना चाहता हूँ।'

उसने कहा, 'तुम यहाँ नहीं सो सकते। यहाँ वही सो सकते हैं, जिन्हें यहाँ से तनख्वाह मिलती है। ऐसा नियम है। यह नियम पूरे देश में लागू है कि जिसे जहाँ से तनख्वाह मिलती है, वह वहाँ सो सकता है। ये विधायक लोग भी तभी सो सकते हैं, जब विधान सभा चल रही हो। रात को ये यहाँ सोना चाहें, तो इन्हें भी नहीं सोने दिया जाएगा।'

वह एक नोटबुक में विधायकों के नाम और सोने का समय लिखने लगा।

मैंने पूछा, 'यह क्यों लिख रहे हो?'

उसने कहा, 'हिसाब रखना पड़ता है कि कौन विधायक कितना सोता है। जैसे भीतर सरकारी दल और विरोधी दलों में बहस होती है, वैसे ही यहाँ सोने में स्पर्धा होती है। जिस दिन विरोधी पक्ष के विधायकों के सोने के घंटे सरकारी पक्ष के सोने के घंटों से बढ़ जाएँगे, उस दिन सरकार को इस्तीफा देना होगा। जैसे ही भीतर खबर पहुँचती है कि विरोधी पक्ष के सदस्य ज्यादा सो रहे हैं, त्योंही सरकारी दल का सचेतक (व्हिप) कुछ सदस्यों को यहाँ सोने भेज देता है।'

मैंने पूछा, 'क्या कभी ऐसा हुआ है कि विरोधी पक्ष के सोने के घंटे बढ़ गए हों और सरकार ने इस्तीफा दिया हो?'

उसने कहा, 'नहीं, ऐसा आज तक तो नहीं हुआ, पर प्रयत्न चल रहे हैं। बात यह है कि सरकारी दल बहुत चतुर है। वह कुछ ऐसे सदस्य ले आया है जिन्हें यहाँ पैर रखते ही नींद आने लगती है। वे दस्तखत करके सो जाते हैं, तो शाम को ही उठते हैं। इन्हीं लोगों के दम पर सरकार टिकी है।'

इसी समय कोई सदस्य भागता हुआ गया और कुछ सदस्यों को जगाकर बोला, 'जल्दी चलो भीतर! 'वाक आउट' करना है।'

वे सदस्य आँखें मलते हुए भीतर गए और पाँच मिनट बाद फिर लौट आए।

मैंने उनमें से एक से कहा, 'आप अभी गए थे और अभी लौट आए!'

उसने कहा, 'विरोधियों की यही मुसीबत है। हमें हर पन्द्रह-बीस मिनट में 'वाक आउट' करना पड़ता है। आँख लगी नहीं कि कोई सदस्य आता है और 'वाक आउट' के लिए भीतर ले जाता है। हम भीतर जाते हैं और नेता के पीछे फिर बाहर आ जाते हैं।'

मैंने कहा, 'मगर मैं देख रहा हूँ कि कुछ सदस्य तो बड़ी देर से सो रहे हैं।'

उसने समझाया, 'उनका काम अलग है। वे 'वाक आउट' नहीं करते, 'स्लीप आउट' करते हैं। इनमें सरकारी और विरोधी, दोनों पक्षों के लोग हैं। इसी तरह तुम

देखोगे कि कुछ सदस्य दिन-भर कैंटीन में बैठे खाया करते हैं। ये 'ईट आउट' करते हैं।'

मैंने पूछा, 'इन तीन तरह के 'आउटों' में प्रभावशाली और उपयोगी 'आउट' कौन-सा है?'

सदस्य ने जवाब दिया, ''वाक आउट' करना तो साधारण बात है। कोई भी कर लेता है। 'ईट आउट' जरा मुश्किल है, क्योंकि इसमें बार-बार खिलाने वाला ढूँढ़ना पड़ता है। लेकिन सबसे उत्तम 'स्लीप आउट' है। पर 'स्लीप आउट' करने वाले से भी बड़ा वह है जो 'ईट आउट' और 'स्लीप आउट' की संयुक्त कार्यवाही करता है। वह कैंटीन में खाकर फौरन सो जाता है। बीच में नींद खुलती है, तो फिर खा लेता है और फिर सो जाता है। ऐसा सदस्य जिस दिन चाहेगा, देश का कायापलट कर देगा।'

उस सदस्य ने बताया कि इन तख्तों पर इस समय बीस सदस्य सरकार के समर्थन में सो रहे हैं और सात उसके विरोध में सो रहे हैं। उधर कैंटीन में भी कुछ सदस्य सरकार के समर्थन में खा रहे हैं और कुछ सरकार की धाँधलियों के विरोध में खा रहे हैं।

इतना कहते-कहते उस सदस्य की आँखें झपने लगीं और मेरे देखते-देखते वह 'स्लीप आउट' कर गया।

अब मैं भीतर सभा भवन में जाता हूँ। वहाँ एक कुत्ते की मौत पर बहस चल रही है। एक विरोधी सदस्य बड़ी भावुकता से कह रहा था, 'अध्यक्ष महोदय! यह साधारण बात नहीं है, कुत्ते की मौत का मामला है। कुत्ता! यह वह पशु है जिसने युधिष्ठिर का साथ उन बर्फीली घाटियों में दिया था, जहाँ उनके सगे भाई और पत्नी तक उन्हें छोड़ गए थे। कुत्ता अपने मालिक के प्रति जितनी भक्ति रखता है, उतनी तो हम अपने पार्टी-नेता के प्रति भी नहीं रखते। ऐसा एक कुत्ता सरकारी बस से कुचलकर मर गया है। उस कुत्ते का खून इस सरकार के सिर पर है। यातायात मंत्री हत्यारा है! उसे इस्तीफा देना चाहिए। ऐसी सरकार को एक दिन भी पद पर रहने का हक नहीं है।'

कुछ और विरोधी पक्ष के सदस्यों ने सरकार से इस मुद्दे पर इस्तीफे की माँग की।

एक सरकारी पक्ष के सदस्य ने जवाब नें कहा, 'अध्यक्ष महोदय! वह कुत्ता गलत साइड से चल रहा था। मेरे पास इसके सबूत हैं कि कुत्ता सड़क की दाहिनी तरफ से चल रहा था और बस पास आने पर सड़क पार करने लगा था।'

एक विरोधी, 'झूठ है, सरासर झूठ है। कुत्ता बाईं तरफ से चल रहा था।'

दूसरा विरोधी, 'कुत्ता बाईं तरफ से चले, ऐसा नियम सरकार ने कभी नहीं बनाया। इसलिए वह कहीं भी चलने को स्वतन्त्र है। इसलिए उसके लिए सड़क की दोनों बाजू सही हैं। इस दुर्घटना में कुत्ते का कोई कसूर नहीं है।'

इसी समय पीछे से एक सदस्य ने उठकर कहा, 'अध्यक्ष महोदय! मैं आपका ध्यान इस बात की ओर आकर्षित करना चाहता हूँ कि कुछ गाँवों में ओले गिरने से

सारी फसल चौपट हो गई है। उन गाँवों के किसान बरबाद हो गए हैं। वे भूखे मर रहे हैं और उनके मवेशी भी मर रहे हैं। हजारों किसान विधान सभा के फाटक पर अपनी फरियाद लेकर हाजिर हैं। उनके विषय में सदन में विचार होना चाहिए।'

बाहर किसान नारे लगा रहे थे, पर अभी कुत्ते की मौत की बहस खूब जोर पर थी।

आखिर मंत्री ने जवाब दिया, 'विरोधी सदस्यों के सब आरोप झूठे हैं। हमने उस कुत्ते का पोस्टमार्टम कराया है। बस के पहिए की भी रासायनिक जाँच कराई है। रासायनिक जाँच की रिपोर्ट है कि कुत्ता बस से कुचलकर नहीं मरा। पहिए पर जो खून लगा था, उसके सम्बन्ध में रासायनिक का मत है कि वह कुत्ते का खून नहीं है।'

एक सदस्य, 'तो वह किसका खून है?'

मंत्री, 'वह आदमी का खून है।'

इस पर सदन में थोड़ी देर भुनभुनाहट होती रही। विरोधी पक्ष निराश हो गया था।

मंत्री ने विजय के गर्व से कहा, 'तथ्य यही है। वह खून आदमी का था, कुत्ते का नहीं—जैसा कि सदस्यों का आरोप है। इसलिए मेरे इस्तीफा देने का कोई प्रश्न नहीं उठता।'

बाहर किसानों के नारे लग रहे थे।

एक सदस्य ने कहा, 'किसानों की हालत पर सदन में विचार होना चाहिए! वे लगान की माफी माँगते हैं, खाने को अन्न माँगते हैं, मवेशियों के लिए भूसा माँगते हैं, बोने के लिए बीज माँगते हैं। मंत्री महोदय, सदन को बताएँ कि वे इन किसानों के लिए क्या करना चाहते हैं?'

मंत्री ने कहा, 'हमने जाँच कराई है, जिससे मालूम हुआ है कि वहाँ ओले नहीं गिरे।'

कई सदस्य, 'गिरे हैं!'

मंत्री, 'अगर गिरे भी हैं तो फसल बरबाद नहीं हुई है।'

कई सदस्य, 'हुई है, हुई है!'

मंत्री, 'अगर फसल बरबाद भी हुई है, तो मुझे मालूम है कि वहाँ किसान नहीं रहते।'

कई सदस्य, 'तो फिर फसल कैसे हुई?'

मंत्री, 'अगर किसान भी वहाँ रहते हैं और फसल भी वहाँ हुई और ओले भी गिरे, तो नुकसान नहीं हुआ।'

इस पर सदन में हो-हल्ला हुआ।

मंत्री ने जवाब दिया, 'मैं जानता हूँ, इन किसानों को कम्युनिस्टों ने भड़काया है!'

कई सदस्य, 'पर उनकी समस्या तो हल कीजिए।'

मंत्री, 'मेरे पास समस्या का यही हल है।'

सदन में फिर हो-हल्ला हुआ।

अध्यक्ष ने कहा, 'सदन यह जानना चाहता है कि इन बरबाद किसानों की समस्या को शासन कैसे हल करेगा?'

मंत्री ने वक्तव्य दिया, 'अध्यक्ष महोदय! ऐसी समस्याओं को हल करने का यही एकमात्र और अचूक तरीका हमारे पास है। जब भी कोई हमारे पास शिकायत लेकर आता है, हम कह देते हैं कि तुम्हें कम्युनिस्टों ने भड़काया है। इससे समस्या हल हो जाती है। अध्यक्ष महोदय, मैंने इस नुस्खे को अपने बच्चे पर आजमाकर देख लिया है। कल उसकी माँ बाहर गई हुई थी। लड़के को भूख लगी और वह रोने लगा। मैंने उससे कहा—क्यों रोता है? मालूम होता है, तुझे कम्युनिस्टों ने भड़काया है! अध्यक्ष महोदय, इतना सुनते ही लड़का चुप हो गया और उसे दूध पिलाने की जरूरत ही नहीं पड़ी। इसलिए जब मैं कहता हूँ कि तुम्हें कम्युनिस्टों ने भड़काया है तब इन किसानों को समझ लेना चाहिए कि उनकी समस्या हल हो चुकी है।'

अब मैं बाहर निकला। उसी समय विरोधी पक्ष से एक सदस्य बाहर निकला। उसकी लम्बी दाढ़ी थी, बड़े बाल थे। वह बगलबन्दी और ऊँची धोती पहने थे। पाँवों में खड़ाऊँ और सिर पर काली टोपी थी।

मैंने पूछा, 'महाशय, क्या आपको मालूम है कि देश में टेक्सटाइल उद्योग काफी विकास कर गया है?'

उसने घूरकर मुझे देखा। बोला, 'प्रश्न पूछना और विचार करना हमारे यहाँ अनुशासन के विरुद्ध माना जाता है।'

मैंने कहा, 'मैं यही जानना चाहता था कि आप ठीक कपड़े क्यों नहीं पहनते?'

उसने कहा, 'ठीक कपड़े पहनना अराष्ट्रीय कर्म है। अगली बार तो मैं वल्कल पहनकर आऊँगा।'

मैंने पूछा, 'इस विधान सभा के बारे में आपका क्या मत है?'

उसने जवाब दिया, 'चुनकर आ गए हैं, तो बैठते हैं। प्रजातंत्र वाले स्वयं प्रजातांत्रिक संस्था का उपहास करते हैं, तो मैं क्या करूँ? मैं तो देख रहा हूँ, हमारी संस्कृति में जनता से कभी कुछ पूछने की परम्परा ही नहीं है। प्रजातंत्र तो विदेशी विचार है। अपने कू जमता ही नहीं, समझे?'

मैं समझ गया और डर के मारे मेरी नींद खुल गई।

सर्वोदय-दर्शन

दौरा करता हुआ मैं इस नगर में आ पहुँचा हूँ, जहाँ सर्वोदय-शिविर का आयोजन किया गया है। यहाँ इस समय नाना प्रकार के सर्वोदयी दूर-दूर से आकर एकत्रित हो गए हैं।

शिविर का प्रबन्ध एक नागरिक समिति कर रही है। मैं समिति के मंत्री से मिला और बधाई देते हुए मैंने कहा, ''आपने बड़े साहस का काम किया है। दुनिया का सबसे कठिन काम है—सर्वोदय-शिविर का आयोजन। हनुमान समुद्र लाँघ गए थे, पर उनसे कहीं राम कह देते कि एक सर्वोदय-शिविर का आयोजन करो, तो वे फिस्स बोल जाते। पर आप तो परमवीर हैं!''

मंत्री ने सर्वोदयी संकोच से प्रशंसा स्वीकार करते हुए कहा, ''मैं तो निमित्त मात्र हूँ। ईश्वर की कृपा से सब प्रबन्ध हुआ जा रहा है। सर्वोदयी के लिए भोजन की व्यवस्था करना ही सबसे कठिन काम है। ये दुर्लभ वस्तुएँ ग्रहण करते हैं। हमने पन्द्रह-बीस स्त्रियों को चक्कियों पर बैठा दिया है और वे रात-दिन पीसा करती हैं। तीस-चालीस पीपे तिल का तेल शिविर में रखवा दिया है। ये लोग तेल पीते हैं न!

शहद लाने के लिए हमने आठ आदमी जंगल में भेजे थे। उनमें से चार को मधुमक्खियों ने ऐसा काटा कि वे अस्पताल में पड़े हैं, बाकी चार अभी लौटे नहीं हैं। कल एक सर्वोदयी बोले कि मैं हर अमावस्या को 'गुल जमार' खाता हूँ। हम बड़े परेशान हुए कि यह क्या चीज है और कहाँ मिलती है? हमने एक प्रोफेसर को इसकी खोज करने के लिए लगाया। उसने आज बतलाया कि यह एक फूल है, जिसका उल्लेख किस्सा हातिमताई में आता है और यह कहीं भूमध्यसागर के पास मिलेगा। हमने हवाई जहाज से दो आदमी 'गुल जमार' लेने के लिए भेजे हैं।''

मंत्री से मिलकर मैं शिविर के पास गया। वहाँ एक बड़े सर्वोदयी नेता स्वामी दीनबन्धुजी बैठे थे। उनके आसपास सैकड़ों सर्वोदयी थे और स्वामीजी उनकी शंकाओं का समाधान कर रहे थे। प्रश्नोत्तर चल रहे थे :

सर्वोदयी, ''स्वामीजी, यदि हम सिनेमा का पोस्टर उखाड़ रहे हों और उसी समय मैनेजर आकर कहे कि चलो, तुम्हें सिनेमा दिखाता हूँ, तो सर्वोदयी का क्या कर्तव्य है?''

स्वामीजी, ''सर्वोदयी का कर्तव्य होगा कि वह पोस्टर लगा रहने दे और सिनेमा देख ले।''

सर्वोदयी, ''सर्वोदयी के लिए झूठ बोलना कब-कब क्षम्य है?''

स्वामीजी, ''अपनी सेवाओं का उल्लेख करते समय।''

सर्वोदयी, ''क्या आप बताएँगे कि सर्वोदय में शामिल होने की ठीक अवस्था क्या है?''

स्वामीजी, ''यह अवस्था पर नहीं, बल्कि परिस्थितियों पर निर्भर है। साधारणत: दो चुनाव हारने के बाद सर्वोदयी हो जाना चाहिए। विशेष स्थिति में चुनाव टिकट न मिलने पर भी आदमी को सर्वोदय में आ जाना चाहिए।''

स्वामीजी के पास ही एक सर्वोदयी को ध्यान से देखा और अप्रसन्नता से कहा, ''सेवकजी, दाढ़ी बढ़ा ली, सो तो ठीक किया, पर इसमें तेल क्यों चुपड़ते हो? तेल दाढ़ी में चुपड़ने के लिए है कि पीने के लिए?''

सेवकजी लज्जित हुए। कहने लगे, ''भूल हुई। अब तेल नहीं चुपड़ूँगा।''

स्वामीजी ने दूसरे सर्वोदयी से कहा, ''दुखीजी, तुम्हें कितना समझाया कि सर्वोदयी को धोती ऊँची पहननी चाहिए, पर तुम्हारी धोती अभी भी घुटनों से नीचे आती है। इतनी नीची धोती से समाज पर नैतिक प्रभाव कैसे पड़ सकता है?''

इसी समय एक जत्था आया। जत्थे के मुखिया ने स्वामीजी को प्रणाम करके कहा, ''हम बहुत दूर से आए हैं। हमें विनोबाजी से मार्गदर्शन चाहिए।''

स्वामीजी ने कहा, ''विनोबाजी इस समय दौरे पर हैं। मुझे बताओ, तुम्हारी समस्या क्या है?''

सर्वोदयी ने कहा, ''स्वामीजी, हमारे शहर में बड़ा भीषण साम्प्रदायिक संघर्ष हो रहा है। मानवता मर रही है। हमें प्रकाश चाहिए। हम क्या करें? ऐसी स्थिति में हमारा क्या कर्तव्य होना चाहिए?''

स्वामीजी ने कहा, ''जब वहाँ संघर्ष चल रहा है, तब तुमने अच्छा किया जो यहाँ आ गए। यहाँ कोई डर नहीं है, आराम से रहो। तुम कब चले थे?''

''कल शाम को।'' सर्वोदयी ने जवाब दिया।

स्वामीजी ने पूछा, ''फिर इतनी जल्दी यहाँ कैसे आ पहुँचे?''

सर्वोदयी ने कहा, ''क्यों? हम लोग रेलगाड़ी से ही आए हैं।''

स्वामीजी बहुत असन्तुष्ट हो उठे। बोले, ''जब मूल सिद्धान्त की ही अवहेलना करोगे, तो काम क्या होगा? कितनी बार समझाया कि सर्वोदयी को हमेशा पैदल चलना चाहिए। इससे नैतिक प्रभाव पड़ता है और समस्याएँ अपने-आप हल होती हैं। अगर तुम पैदल आते, तो तुम्हारे लौटने तक वहाँ शान्ति हो ही जाती और तुम कुछ करने से बच जाते। खैर, अब तुम लौटकर सिनेमा के पोस्टर उखाड़ो। इससे समाज की नैतिकता सुधरेगी और अपने-आप बन्धुत्व की भावना का संचार होगा।''

सर्वोदयी ने हाथ जोड़कर कहा, ''पर हमारी मजबूरी यह है कि हमें कुछ करना ही पड़ेगा। हम वहाँ कह आए हैं कि हम नुस्खा पूछने जा रहे हैं।''

स्वामीजी ने कुछ देर विचार किया, फिर कुटिया में गए और एक जड़ी हाथ में लेकर आए। बोले, ''लो, यह जड़ी ले जाओ। इसकी विधिपूर्वक पूजा करके इसे जमीन में गाड़ देना। दिन-रात सात दिन तक इसके पास रामधुन लगाना। आठवें दिन इसे निकालकर लोबान की धूनी देना। बस, समाज का हृदय-परिवर्तन हो जाएगा।''

सर्वोदयी ने जड़ी लेकर झोले में डाल ली।

चलते-चलते सर्वोदयी ने कहा, ''एक प्रार्थना और है। राष्ट्रपति ने डाकुओं को नष्ट करने के मेडिल पुलिस अफसरों को दे दिये। मेडिल तो हमें मिलने चाहिए थे। डाकुओं का हृदय-परिवर्तन करके हमने उनका नाश किया है।''

स्वामीजी ने कहा, ''तुम्हारी शिकायत ठीक है। हम राष्ट्रपति से प्रार्थना करेंगे और तुम्हें मेडिल दिलवाएँगे। यदि राष्ट्रपति ने मेडिल नहीं दिए, तो डाकुओं से दिलवाएँगे।''

इसके बाद सर्वोदयियों का दातौन तोड़ने का समय हो गया। सब उठकर दातौन तोड़ने चले गए।

साहब का सम्मान

जो अखबार में छपा :

कल रात को स्थानीय बड़ा बाजार स्थित 'शान्ति भवन' में नगर के कपड़ा-व्यापारियों की ओर से आयकर अफसर श्री देवेन्द्र कुमार 'सरसिज' का उनकी साहित्य-सेवाओं के लिए सम्मान किया गया। 'सरसिज' जी का अभिनन्दन करते हुए 'वस्त्र-व्यापारी संघ' के अध्यक्ष सेठ बाबूलालजी ने कहा कि 'सरसिज' जी एक महान कवि और लेखक हैं; उन्होंने उत्तम कविताओं से माँ भारती की गोद भरी है। कालिदास और रवीन्द्र की महान परम्परा के कवि को पाकर यह नगर धन्य हो गया है। सम्मान का उत्तर देते हुए 'सरसिज' जी ने कहा कि मेरा सम्मान करके आपने वास्तव में कला की देवी माँ सरस्वती का सम्मान किया है। मैं आपका अत्यन्त आभारी हूँ। मैं नहीं जानता कि किस प्रकार आपकी इस कृपा का बदला चुकाऊँ।

इसके पश्चात् स्थानीय प्रसिद्ध कवियों ने काव्य-पाठ किया। कपड़ा-बाजार के अनेक व्यापारियों ने 'सरसिज' जी के सम्मान में कविताएँ पढ़ीं। अन्त में 'सरसिज' जी ने लगभग दो घंटे अपनी कविताओं का पाठ कर श्रोताओं का मनोरंजन किया। जलपान के उपरान्त आयोजन समाप्त हुआ।

जो नहीं छपा :

श्री देवेन्द्र कुमार लगभग डेढ़ वर्ष पहले यहाँ आयकर-अधिकारी के पद पर बदली में आए हैं। कविता का शौक है। उपनाम 'सरसिज' है। प्रति सन्ध्या मातहत कर्मचारी उनके निवास-स्थान पर इकट्ठे होते हैं और कविताएँ सुनते हैं। पिछली दीवाली पर जो एक कविता लिखी थी, वह इस दीवाली तक सुनी गई। कविता के बोल हैं—'सजनी, तुम हो मुझसे दूर, दीप मैं कैसे जलाऊँ?' इस पर उनकी पत्नी उनसे बहुत लड़ीं। बोलीं, 'यह हरामजादी कौन है, जो तुमसे दूर है?' 'सरसिज' जी ने समझाया, "'यह' तुम्हीं हो। किसी कवि ने कहा है—'पास रहकर दूर हो तुम'।"

'सरसिज' जी को बड़ी शिकायत थी कि नगर में उनकी प्रतिभा की कद्र नहीं होती। ईश्वर की कृपा से हाल ही में केन्द्रीय आयकर-कार्यालय से एक आवश्यक आदेश आया है कि व्यापारियों की 'सख्त' जाँच हो, उन पर कर बढ़ाया जाए और सही आय छिपानेवालों पर सख्त कार्यवाही की जाए। इस पर व्यापारियों में खलबली मच गई। कर से बचने के उपाय सोचे जाने लगे। संयोगवश वस्त्र-व्यापारी संघ के मंत्री सेठ सूरजमल का लड़का रसिकलाल भी कविता में रुचि रखता है। उसकी मित्रता 'सरसिज' जी के निजी सचिव ब्रजकिशोर 'ब्रजेन्द्र' से है। 'ब्रजेन्द्र' जी भी कविता लिखते हैं। 'ब्रजेन्द्र' ने रसिकलाल को बताया, "साहब की कमजोरी कविता है। उन्हें कवि के रूप में सम्मान दो, वे सब व्यापारियों से खुश हो जाएँगे और रियायत से काम लेंगे।"

गत सप्ताह वस्त्र-व्यापारी संघ की एक बैठक में सर्वसम्मति से यह निश्चय किया गया कि आयकर अफसर देवेन्द्र कुमार 'सरसिज' को कवि-सम्मान देने में कोई हर्ज नहीं है। उन्हें यह बता देना अत्यन्त आवश्यक है कि 'हम वस्त्र-व्यापारी आपको 'बहुत बड़ा कवि' मानते हैं।'

तदनुसार गत रात्रि को 'सरसिज' जी के सम्मान में 'शान्ति भवन' में वस्त्र-व्यापारियों की ओर से एक आयोजन हुआ। हॉल में सैकड़ों वस्त्र-व्यापारी, आयकर विभाग के कर्मचारी तथा कुछ स्थानीय कविगण उपस्थित थे। जिन व्यापारियों के आयकर के मामले चल रहे थे, उन्हें संघ की ओर से आदेश हो गया था कि वे 'सरसिज' जी के अभिनन्दन में किसी कवि से एक-एक कविता लिखा लाएँ और समारोह में स्वयं पढ़ें।

आरम्भ में, 'सरसिज' जी की साहित्यिक महत्ता का परिचय 'ब्रजेन्द्र' ने दिया। 'ब्रजेन्द्र' अभी अपने पद पर स्थायी नहीं हुए हैं। इस तथ्य को ध्यान में रखकर

'ब्रजेन्द्र' ने कहा, ''मैंने वस्त्र-व्यापारियों को बताया कि कितनी बड़ी प्रतिभा का नगर में आगमन हुआ है और नगर इस सौभाग्य को समझ नहीं रहा है...''

यह सुनते ही वस्त्र-व्यापारी संघ के अध्यक्ष उठ खड़े हुए और बोले, ''आप गलत कह रहे हैं। आपने हमें नहीं बताया। हमने खुद उन्हें पहचाना। हमारा लड़का रसिकलाल कविता वगैरह समझता है।''

दोनों में विवाद होने लगा। स्थिति को बिगड़ता देख 'सरसिज' जी ने दोनों को शान्त किया।

तदुपरान्त अध्यक्ष सेठ बाबूलाल ने 'सरसिज' का अभिनन्दन करते हुए कहा, '' 'सरसिज जी' का सम्मान करते हुए आज हमारे हृदय वैसे ही खिल रहे हैं, जैसे कि बनारसी सिल्क की साड़ी देखकर भारतीय नारी का हृदय खिलता है। आज हमारे यहाँ जो आपके स्वागतार्थ रंग-बिरंगे बन्दनवार लगे हैं—वे केलिको, रेयन सिल्क, मद्रासी जीन, जार्जेट और फलालेन के हैं। वर्षों से हमारे मन में आपका सम्मान करने की इच्छा वैसे ही छिपी थी, जैसे कि बिक्री का सही हिसाब। पर यह आयोजन वैसे ही खिसकता जाता था, जैसे कपड़ा नापते समय गज पीछे खिसकता है।

''आप कवि भी हैं, यह जानने में हमें डेढ़ साल लग गया और अभी भी यदि आयकर बढ़ाने का यह सरकारी आदेश न आता, तो हम क्या जान पाते? हर बात समय से होती है, जिस प्रकार शादी के मौसम में अधिक रेशमी कपड़ा बिकता है। समय आने पर हम सज्जनों को उसी तरह पहचान लेते हैं, जिस तरह कि खाता-बही जब्ती होने पर बिक्रीकर इन्स्पेक्टर के रिश्तेदारों को पहचान लेते हैं।

''नगर में और भी कई प्रकार के व्यापारी हैं—गल्ला व्यापारी, किराना-व्यापारी, आदि-आदि। पर वे यह नहीं पहचान सके कि आप कवि हैं। हम उन व्यापारियों से भिन्न हैं, केलिको कपड़ा भी तो लंक्लाट से भिन्न होता है। कला की पहचान वस्त्र-व्यापारियों को ही है। पिछले बिक्रीकर वाले साहब चित्र बनाते थे। उन्होंने शिव-पार्वती का एक चित्र 'शंकर विवाह' फिल्म के पोस्टर जैसा बनाया था। वह चित्र सेठ कालूमलजी ने अपने कैलेंडर पर छपाया था। उन पर बिक्रीकर-चोरी का एक बड़ा मामला चलाकर शंकरजी की कृपा से सब ठीक हो गया। साहब, कलाकार-अफसर का सम्मान करने की हमारी गौरवमय परम्परा रही है। हम व्यापारी हैं और अफसरों से हमारा निकट का सम्बन्ध रहता है, जैसे कि शब्द सिल्क का इमीटेशन सिल्क से। हम नहीं जानते कि कविता कैसी होती है। हम तो रेडियो पर 'दंत-मंजन' और 'ताकत की दवाइयों' के बारे में ही कविताएँ सुनते हैं। पर जब रसिकलाल ने कहा कि आप कवि हैं, हमने मान लिया।

''शहर में और जितने व्यापारी हैं, उन पर भी आयकर बढ़ेगा, उनके हिसाब भी गड़बड़ हैं। कई पर तो मामले भी चल रहे हैं—पर उन्होंने इस बात की

जरा भी परवाह नहीं की कि आप कवि हैं। वे आपका अपमान कर रहे हैं और हम सम्मान कर रहे हैं। इस बात को कृपा कर न भूलें। हम खुले हृदय से आपका अभिनन्दन करते हैं। जिन पर मामले चल रहे हैं, वे भी आज आपके अभिनन्दन में स्वरचित कविताएँ पढ़ेंगे। हमारा सौभाग्य है कि आप यहाँ पधारे। जैसे यहाँ पधारे, वैसे ही दुकानों पर पधारें और हमारा आदर ग्रहण करें—ऐसी प्रार्थना है।''

सम्मान का उत्तर देते हुए 'सरसिज' जी ने कहा, ''आज आपके स्नेह को अनुभव कर मुझे ऐसी खुशी हो रही है, जैसी आयकर-विभाग के अधिकारियों को तब होती है, जबकि रात के सन्नाटे में कोई व्यापारी लाल बस्ते में बँधी खाता-बही लेकर उनके घर जाता है। आज मुझे ऐसा लग रहा है, मानो अपने सीनियर अफसरों को लाँघकर मैं तरक्की पा गया हूँ। स्याहीसोख के नीचे जैसे जरूरी कागजात दबे पड़े रहते हैं, वैसे ही मेरे मन में यह इच्छा दबी थी कि कभी व्यापारियों के बीच कवि के रूप में जाऊँ। ऐसा संयोग देर से आया, इसका मुझे दुख नहीं है क्योंकि हमारी शिक्षा-दीक्षा 'लालफीतावाद' में हुई जिसका प्रथम सिद्धान्त देर करना ही है। आज मुझे ऐसा लग रहा है कि मानो अर्थ-सचिव ने हजारों अफसरों के बीच मुझसे अपनी लड़की की शादी में पानों का प्रबन्ध करने के लिए कह दिया हो!

''मैं जानता हूँ कि आपमें और अन्य व्यापारियों में बड़ा अन्तर है। वे लोग सीधा व्यापार करते हैं। आप धार्मिक ट्रस्ट के समान हैं, जिस पर आयकर नहीं लगता। आपके द्वारा दिये गए इस मान-पत्र को मैं मढ़वाकर अपनी बैठक में टाँग लूँगा और यह उसी प्रकार मेरा पथ-प्रदर्शन करेगा, जिस प्रकार कि नए अफसर का पुराना बाबू पथ-प्रदर्शन करता है। मैं आपकी इस कृपा का क्या बदला चुकाऊँ? इतना विश्वास दिलाता हूँ कि मैं आगे आपका खयाल रखूँगा। आप लोग सरकार के नए आदेश से बिलकुल न घबराएँ। मैं आपको हृदय से धन्यवाद देता हूँ। इस अवसर पर मैं अपने मुंशी ब्रजेन्द्र को भी नहीं भूल सकता। उसी के परिश्रम का फल है कि मैं इस नगर में कवि के रूप में स्वीकार किया गया। यदि ब्रजेन्द्र मेरा बाबू न होकर बिक्रीकर अफसर का बाबू होता, तो कितना अनर्थ हो जाता! तब तो आज यहाँ बिक्रीकर अफसर का ही सम्मान होता। यह ब्रजेन्द्र की भक्ति का ही परिणाम है कि आज मेरा सम्मान हो रहा है। मैं उसे स्थायी पद पर ही देखना चाहता हूँ। मैं पुन: सबको धन्यवाद देता हूँ। आप निश्चिन्त रहें; चैन से कारोबार करें।''

इसके पश्चात् कुछ कवियों ने अपनी रचनाएँ सुनाईं। अन्त में 'सरसिज' जी ने लगभग दो घंटे तक अपनी कविताओं का पाठ किया। समस्त व्यापारी मंडली रस-विभोर हो गई।

लेकिन इतने सुन्दर आयोजन के अन्त में एक अवांछनीय घटना घट गई। फर्म रामगोपाल श्रीगोपाल के सेठ लपेटेलाल संघ के अध्यक्ष से भिड़ गए। लपेटेलाल बड़े क्रोध से चिल्लाए, ''कल साहब के सामने मेरी पेशी है। और आपने मुझे कविता नहीं पढ़ने दी। अपने सारे रिश्तेदारों से पढ़वा दी। मैंने भी तो यह कविता दस रुपए देकर एक कवि से लिखवाई थी। रुपए भी पानी में गए और इधर काम भी नहीं हुआ।''

साहब ने बीच-बचाव करके स्थिति को सँभाला और सब सानन्द विदा हुए।

पहला पुल

लोक-कर्म विभाग के बाबू रामसेवक मिश्र ने एक दिन एकाएक नौकरी छोड़ दी और आठों पहर राम-चर्चा में लीन रहने लगे। लोगों ने तरह-तरह के अनुमान लगाए—कोई कहता कि रामसेवक बाबू किसी घूस के मामले में फँस गए थे इसलिए नौकरी छोड़कर बच निकले; कोई कहता कि ससुराल से बहुत-सा धन मिल गया, इसलिए अब कोई धन्धा करेंगे। रामसेवक बाबू के होंठ खुलते भी, तो उनसे ईश्वर का नाम ही निकलता, इसलिए असली कारण क्या है, यह बहुत समय तक अज्ञात रहा।

एक दिन मैं उनके पास पहुँचा। मृग-चर्म पर पालथी मारे वे बैठे थे। बगल में कागजों का एक ढेर था और सामने कलम-दवात रखे थे। वे ध्यानमग्न थे; चिन्तन में डूबे थे।

आहट पाकर आँखें खोलीं; मुझे पहचाना और किंचित् मुस्कान के साथ पूछा, ''कहो, कैसे आए?''

मैंने बैठते हुए उत्तर दिया, ''यों ही। बहुत दिनों से मुलाकात नहीं हुई थी। आप तो घर से बाहर निकलते ही नहीं हैं।''

वे बोले, ''हाँ, भाई, मेरी तो दुनिया ही बदल गई। अब तो कहीं और लौ लग गई है। नाते सकल राम तें मनियत—तुलसीदास ने कहा है न? बस, वही स्थिति है।''

मैंने सकुचाते हुए कहा, ''लेकिन लोग आपके बारे में कुछ और ही कहते हैं।''

मुस्कुराते हुए गर्दन हिलाते-हिलाते वे बोले, ''उन्हें कहने दो। मैं तो राग-द्वेष, निन्दा-स्तुति, मान-अपमान से परे हो चुका हूँ।''

मैंने हिम्मत करके पूछ ही लिया, ''फिर भी, नौकरी छोड़ने का असली कारण क्या है, यह तो आप ही बतला सकते हैं। आपको आपत्ति न हो तो...''

रामसेवक बाबू ने आँखें बन्द कर लीं। थोड़ी देर बाद खोलकर मुझे घूरा और सहज भाव से बोले, ''तुम पूछते हो, तो बतलाए देता हूँ। मैंने हनुमानजी के आदेश से नौकरी छोड़ दी।''

मैं विस्मित हुआ। विश्वास ही नहीं हुआ। पूछा, ''क्या हनुमानजी ने आपको दर्शन दिए थे?''

वे बोले, ''हाँ, भाई! एक रात सपने में हनुमानजी पधारे और कहने लगे—'रे मूढ़, मतिमन्द, जीवन क्यों व्यर्थ गवाँ रहा है? छोड़ इस माया को, दफ्तर में 'मीमो' लिखते-लिखते इस दुर्लभ नर-जीवन को क्यों नष्ट करता है? मूर्ख, राम-कथा लिख।' मैंने घबराकर कहा—'मेरे प्रभु, सो कैसे होगा? मैं मूर्ख हूँ। विद्याहीन हूँ। मुझमें 'मीमो' लिखने, नकल करने, फार्म भरने और कैफियत देने से अधिक प्रतिभा है ही नहीं।' हनुमानजी ने कहा—'तेरी प्रतिभा का उदय होगा। मेरा आशीर्वाद है। सभी कवि विनयपूर्वक ऐसा ही कहते हैं। तुलसी ने भी तो कहा था—काव्य-विवेक एक नहिं मोरे, सत्य कहौं लिख कागद कोरे। तू भी उठ और लिखने बैठ जा!' मैंने हाथ जोड़कर विनती की—'भगवान! आपकी आज्ञा शिरोधार्य है। पर मैं लिखूँगा क्या? कितने ही महान कवियों ने, सन्तों और भक्तों ने रामकथा लिखी है। मैं क्या विशेष लिखूँगा?' तब हनुमानजी ने मुझे समझाया—'वत्स, हर कवि का अपना विवेक होता है, अपनी दृष्टि होती है। हर कवि अपने युग से प्रभावित होकर, राम-कथा को नया रूप देता है। वाल्मीकि, तुलसी और भवभूति में क्या तू कोई अन्तर नहीं पाता? तू भी लिख, अपने विवेक और बुद्धि से काम ले और कथा को युगानुकूल नया रूप दे!' इतना कहकर हनुमान जी अन्तर्धान हो गए। मैं बदल गया। सुबह दफ्तर गया और चुपचाप त्यागपत्र लिखकर दे दिया। चलते वक्त एक-दो बंडल 'मीमो' के फार्म राम-कथा लिखने के लिए थैले में डाल लाया।''

मैंने कहा, "तो आपने राम-कथा लिख डाली?"

वे बोले, "हाँ, अब समाप्त ही हो रही है। सेतुबंधवाला प्रसंग अभी लिखकर पूरा किया है, सुनाऊँ?"

मैंने कहा, "हाँ-हाँ, क्यों नहीं! भला राम-चर्चा कौन नहीं सुनना चाहेगा?"

रामसेवक बाबू ने पोथी खोली और एक अध्याय निकाला। पढ़ना आरम्भ करने के पहले भूमिका बाँधी, "देखो भाई, मेरी कथा में कुछ नवीनता मिलेगी। तुम चौंकना मत और न अविश्वास करना। हनुमानजी सपने में कह गए हैं कि ग्रन्थ पूरा होने पर मैं इस पर दस्तखत कर दूँ—'एप्रूव्ड' करके। तब किसी को शंका न होगी। मैं तुम्हें एक रहस्य बताता हूँ—जिस पुल पर से राम लंका गए थे, वह दूसरा पुल था। उसके पहले एक पुल और बन चुका था। उसी पुल की कथा है यह। अब सुनो।"

चश्मा पोंछकर उन्होंने फिर लगाया और पढ़ने लगे :

"जब पुल तैयार हो गया, तब नल-नील रामचन्द्र के पास आए और साष्टांग दंडवत करके हाथ जोड़कर खड़े हो गए। विनय की—'प्रभु, पुल बनकर तैयार हो गया है।' राम ने आश्चर्य से उनकी ओर देखा और कहा—'यह क्या कहते हो? पुल बन गया? ऐसा तो होते नहीं देखा गया। अभी तो मैंने उसका शिलान्यास किया है। जिसका शिलान्यास हो, वह इतनी जल्दी नहीं बनता; बल्कि बनता ही नहीं है। जिन्हें बनाना होता है, उनका शिलान्यास नहीं होता; और जिनका शिलान्यास होता है, वे बनाए नहीं जाते। मैं जब पहली बार गुरु वसिष्ठ के साथ भ्रमण करने निकला था तब कितने ही स्थानों पर मुझसे भवनों का शिलान्यास करवाया गया था। पर मैं जब अभी पिता की आज्ञा से वनवास करने उस मार्ग से निकला, तो देखा कि वे शिलाएँ वैसी ही लगी हैं, निर्माण कहीं आरम्भ नहीं हुआ। पर तुमने इतनी जल्दी कैसे बना लिया? मुझे तो आशा ही नहीं थी कि वह पुल बनेगा, और मैं लंका पहुँचने के लिए किसी अन्य मार्ग की खोज में था। नल-नील, तुमने अदभुत काम किया है।'

नल-नील ने हाथ जोड़कर विनय की—'प्रभो, सब आपकी कृपा का प्रसाद है। पुल तैयार है; सेना को आज्ञा हो।'

रामचन्द्र ने सुग्रीव को बुलाकर कहा—'बन्धु, पुल बन गया। नल-नील में अद्‌भुत क्षमता है। पर उनकी क्षमता भी क्या करती, यदि तुम धन से सहायता न करते। मैं तुम्हारा बहुत ऋणी हूँ, मित्र!'

सुग्रीव ने कहा—'भगवन, ऐसी विनय आपको शोभा नहीं देती। आप इस विशाल आर्यभूमि के नरेश होंगे; मैं तो एक छोटे भू-भाग का स्वामी हूँ। मेरा कोष आपके काम आ रहा है, यह मेरे लिए गौरव की बात है।'

राम ने कहा—'तो बन्धु, कल ही सेना को उस पार चलने का आदेश दो। '

सुग्रीव यह सुनकर चौंक पड़ा। कहने लगा—'महाराज, आप कैसी अनहोनी बात करते हैं? सेना कैसे कूच कर सकती है? अभी पुल का उद्‌घाटन तो हुआ नहीं है!'

राम समझाने लगे—'देखो बन्धु, हमें यह ध्यान रखना चाहिए कि एक दिन की देर भी होने से सीता का अहित हो सकता है। हमें उद्‌घाटन की प्रथा को पालना इस समय आवश्यक नहीं है।'

सुग्रीव तो आसमान से गिरते-गिरते ही बचा। बोला—'ऐसा भी कहीं होता है! बिना विधिवत् उद्‌घाटन के पुल पर एक कदम भी नहीं रखा जा सकता। कितने पुल बनकर वर्षों से पड़े हैं, पर उन पर कोई नहीं चलता क्योंकि उनका उद्‌घाटन नहीं हो सका है। महाराज, पुल पार उतरने के लिए नहीं, बल्कि उद्‌घाटन के लिए बनाए जाते हैं। पार उतरने के लिए उनका उपयोग हो जाता है, यह प्रासंगिक बात है।'

सुग्रीव का हठ देखकर राम कुछ झुके। बोले—'तो फिर जल्दी करो। किससे उद्‌घाटन कराया जाए?'

सुग्रीव ने झट से कहा—'मेरी अल्पमति के अनुसार आपके श्वसुर जनकजी के कर-कमलों से पुल का उद्‌घाटन होना चाहिए।'

राम ने सहमति प्रकट की—'ठीक है। इसी क्षण निमंत्रण भेजो।'

सुग्रीव ने तुरन्त विश्वस्त वानरों को निमंत्रण देकर जनक के पास भेजा।

राजा जनक अपने दल समेत मिथिला से चले और कुछ दिनों में सागर-तट पर आ गए। उनकी यात्रा का खर्च सुग्रीव ने ही दिया और उसने हिसाब लगाया कि जितना जनक के आने में खर्च हुआ, उतने से दो पुल और बन सकते थे।

उद्‌घाटन के लिए एक मुहूर्त निश्चित किया। जनक ने पूजा की और सोने की कैंची से फीते को काटा।

वानरों ने जयनाद किया—'राजा जनक की जय! राजा रामचन्द्र की जय! राजा सुग्रीव की जय!'

जनक ने इसके बाद वानरों की सभा में भाषण दिया—'भाइयो, रामचन्द्र ने मुझे इस पुल के उद्‌घाटन करने के लिए बुलाकर जो मेरा सम्मान किया है, उसके लिए मैं उनका आभारी हूँ। उन्होंने मुझे बुलाकर उचित ही किया क्योंकि वे आखिर मेरे दामाद हैं। वे और किसे बुलाते? भाइयो, राष्ट्र के जीवन में पुलों का क्या महत्त्व है, वह किसी से छिपा नहीं है। आज अपने देश का हमें निर्माण करना है और निर्माण तब तक नहीं हो सकता जब तक हमारे पास बड़ी संख्या में पुल न हों। पुल ही राष्ट्र की पूँजी हैं और पुलों के बिना कोई राष्ट्र उन्नति नहीं कर सकता। संसार का इतिहास उठाकर देखो—वही राष्ट्र प्रगति कर सका जिसके पास काफी पुल थे। इसलिए मैं तो कहता हूँ कि हमारे देश में पुल ही पुल बनें। समस्त देश को पुलों से पाट दो। भूमि पर पुल बनें। नदियों पर पुल बनें। सागरों पर पुल बनें।

महासागरों पर पुल बनें। यही नहीं, हवा में पुल बनें, जैसे हवा में महल बनते हैं। इस महान पुल-निर्माण योजना की श्रृंखला में यह पुल पहली कड़ी है। मैं आप लोगों को पुनः धन्यवाद देता हूँ।'

तालियों की गड़गड़ाहट के बीच राजा जनक अपने आसन पर बैठ गए।

वे बैठे ही थे कि देखते-ही-देखते वह पुल भरभराकर गिर पड़ा।

सुना है, उस पुल के सम्बन्ध में जो जाँच-कमीशन बिठाया था, उसकी रिपोर्ट कलियुग के इस चौथे चरण तक तैयार नहीं हुई।''

'कोई सुननेवाला नहीं है!'

वह सड़क के किनारे के मकानों में रहने का पूरा फ़ायदा उठाता था। इसका सबसे बड़ा फायदा तो यह है कि आप अंडरवीयर और बनियान पहनकर सड़क पर खड़े हो सकते हैं और कपड़ों का खर्च बचा सकते हैं। संकोच का कोई कारण नहीं है क्योंकि सड़क अपने बरामदे में शामिल रहती है। दूसरा फायदा यह है कि मन हमेशा हल्का रहता है। कोई शिकायत मन नें उठी कि सड़क पर आकर, जो पहला राहगीर मिला, उससे कह दी। मन हल्का हो गया।

वह दोनों फायदे भरपूर उठाता था। अक्सर मैं उसे अंडरवीयर और बनियान पहने, बच्चे को कंधे से चिपकाए, किसी से बातें करते देखता। अक्सर उसके ये शब्द उसाँस के साथ कान में पड़ते, 'बड़ा अन्धेर है। कोई सुननेवाला नहीं है!' इन शब्दों पर अब कोई ध्यान नहीं देता, क्योंकि अब तो हर बच्चा माँ के पेट से निकलते हुए कहता है, 'बड़ा अन्धेर है। कोई सुनने वाला नहीं है!'

मगर उसके कहने के ढंग ने मेरा ध्यान खींचा। मुझे लगा—किसी का घर जलकर खाक हुआ जा रहा है; वह सहायता के लिए पुकार लगाता है और जब कोई नहीं आता, तो वह सिर पर हाथ लगाकर किनारे बैठ जाता है और कहता है, 'कोई सुनने वाला नहीं है।' मुझे लगता, इस आदमी के आसपास बेहद दमघोंट धुआँ है, जो मेरे मुँह और नाक में घुस रहा है। मैं बहुत फुर्ती से सड़क के दूसरे किनारे से निकल जाता।

एक दिन वह अकेला खड़ा था। मुझे आता देखकर वह इस किनारे आ गया और 'नमस्ते' की दीवार मेरे सामने खड़ी कर दी।

बोला, ''मैंने आपका नाम तो सुना है, पर परिचय का सौभाग्य प्राप्त नहीं हुआ था।''

मैंने कुछ 'हाँ-हूँ' किया।

वह कहने लगा, ''आप तो अखबारों में लिखते हैं। कुछ हमारे महकमे की धाँधली के बारे में भी लिखिए न! बड़ा अन्धेर है, साहब!''

मुझे लगा, धुआँ मेरी नाक और मुँह में घुस रहा है। उसने मुझे ऐसे देखा, जैसे मैं ही अन्धेर कर रहा हूँ! बोला, ''साथ के लोगों का, बल्कि जूनियरों का प्रमोशन हो गया, पर हम जहाँ के तहाँ हैं। दरख्वास्त दी, अफसरों से मिले, मगर कोई नतीजा नहीं। कोई सुनने वाला नहीं है!'' उसने विस्तार से अपना मामला मुझे समझाया। मैंने प्रथा के अनुसार सहानुभूति जतलाई और उसकी इस धारणा का समर्थन किया कि सर्वत्र अन्धेर मचा है।

हर तीसरे-चौथे दिन उसकी भेंट मुझसे हो जाती और वह अपने प्रति हुए अन्याय की उसी मौलिक आवेग के साथ चर्चा करता। अन्त में उसका आवेग गिर जाता और वह परास्त स्वर में कहता, ''पर क्या करें? कोई सुनने वाला नहीं है।''

तीसेक साल का स्वस्थ आदमी था वह। पत्नी थी, दो बच्चे थे। एक को तो शिकायत की तरह हमेशा कलेजे से चिपकाए रहता था। उसे लगभग ढाई सौ रुपए माहवार मिलते थे। 'ऊपरी आमदनी' बहुत कम या नहीं होती होगी, क्योंकि अच्छी ऊपरी आमदनी वाला कभी तरक्की के झंझट में नहीं पड़ता।

महकमे के अन्याय की अनुभूति ने पूरी दुनिया से उसके सम्बन्ध निश्चित कर दिये थे। वह मानने लगा था कि दुनिया में जो कुछ है, मुझे दुख देने के लिए है। वह मुझ पर अन्याय करते हैं। विश्व के सम्पूर्ण क्रिया-कलापों का उद्‌देश्य मुझे तंग करना है। सूर्य मुझे परेशान करने के लिए कड़ी धूप करता है और हवा जब जोर से चलती है, तब मेरे सूखते कपड़े गिराकर मुझे परेशान करना चाहती है।

जून के अन्तिम दिनों में वह मुझे रोककर बता रहा था, ''साहब ने कहा है कि तुम्हारी दरख्वास्त 'फॉरवर्ड' कर देंगे, पर 'रिकमंड' नहीं करेंगे। ...बताइए भला, है

न सरासर अन्धेर! अरे, हमारी माँग अगर सही है, तो तुम सिफारिश करो कि हाँ, इसका क्लेम है।''

मैंने ऊपर देखकर कहा, ''बरसात आ ही गई। अच्छा है, कुछ बरस जाए। बड़ी भीषण गर्मी है।''

उसने भी आसमान की तरफ देखा। उसका चेहरा मलिन हो गया। वह बरसात से भी परेशान था। बोला, ''बरसात क्या मुसीबत है! हमारी बैठक में बहुत पानी टपकता है। मकान-मालिक से हर साल कहते हैं और वह थोड़ी-सी सीमेंट चुपड़वा देता है। पैसे बचाता है।'' ऐसा भाव उसके मुख पर आया, जैसे दुनिया-भर के मकान-मालिक एक साथ उस पर हमला कर रहे हैं। उसने सिर इस आशंका से कँपाया, मानो सारा पानी उसी के सिर पर गिर रहा है।

रक्षाबन्धन के दिन सुबह वह मुझे सड़क पर मिल गया। उसके कपाल पर टीका लगा था और कलाई पर राखी बँधी थी। मैंने कहा, ''तुम्हारे यहाँ सवेरे ही राखी बँध जाती है?''

उसका चेहरा मलिन पड़ गया। कहने लगा, ''रक्षाबन्धन क्या, मुसीबत है! न जाने कहाँ-कहाँ की बहनें आ जाती हैं और धागा बाँधकर रुपया-अठन्नी ले जाती हैं। ब्राह्मण अलग आते हैं; चपरासी अलग। बड़ी परेशानी है।'' वह बहुत दुखी और नाराज हो गया, जैसे दुनिया-भर की बहनें राखियों के चाबुक बनाकर उसे मार रही हों!

हर चीज उसे तंग करती थी। हर चीज उसके लिए अन्याय बनकर आती थी। अपनी पत्नी के बारे में भी उसकी यही धारणा होगी कि इस स्त्री का जन्म मुझसे विवाह करके मुझे तंग करने के लिए हुआ था। इसने भी मुझ पर अन्याय किया। छाती से चिपके बच्चे को भी वह अपने प्रति अन्याय मानता होगा।

न जाने कैसे उसको यह विश्वास हो गया था कि संसार में सबसे बड़ी घटना जो घट रही है, वह यह है कि उसकी तरक्की रोक ली गई है। उसने कई बार मुझसे कहा कि इस मामले पर अगर किसी अखबार में जोरदार सम्पादकीय लिखा जाए, तो कुछ असर पड़ सकता है। वह इस मामले को संयुक्त राष्ट्र संघ में पेश करने की भी सोचता होगा।

एक बार शहर में भीषण दंगा हो गया। महीने-भर तक बड़ा आतंक रहा, उत्तेजना रही। बच्चे से लेकर बूढ़े तक की जबान पर दंगे की चर्चा थी। दूसरे या तीसरे दिन वह मुझे मिला। मैंने कहा, ''बहुत बुरा हो गया यह।''

उसने कहा, ''हाँ, परसों मैं डाइरेक्टर साहब से मिला था। पहले तो कहने लगे कि तुम्हारा क्लेम ही नहीं है। फिर जब मैंने उनके सामने 'फैक्ट्स एंड फिगर्स' रखे, तब कहा कि अच्छा, देखेंगे।''

उसके लिए बाकी संसार का अस्तित्व ही नहीं था। उसने मुझसे कभी नहीं पूछा कि तुम कैसे हो।

एक बार मैं दस-पन्द्रह दिन बीमार रहा। बीमारी के बाद बाहर निकला तो वह मिल गया। बोला, ''बहुत दिनों में दिखे आप?''

मैंने कहा, ''बीमार पड़ा रहा।''

उसने सिर्फ 'अच्छा' कहा और उसे याद आ गया कि वह खुद बीमार पड़ा था। कहने लगा, ''पिछले साल मैं भी बीमार पड़ गया था। बीमारी थी सो तो थी, मगर डॉक्टरों ने उसे और हौआ बना दिया। इंजेक्शन दे-देकर हाथ छेद डाले। सौ-सवा सौ के खर्च में आ गया।''

वह बीमारी और डॉक्टर—दोनों से परेशान था। थोड़ा रुककर बोला, ''बड़े साहब के कहने से फिर से 'रिप्रजेंटेशन' कर दिया है। कहते तो हैं कि कुछ हो जाएगा, पर मुझे कोई भरोसा नहीं है।''

एक दिन मैंने उसे समझाने का प्रयत्न किया। मैंने कहा, ''देखो, तुम्हें ढाई सौ अभी मिलते हैं। तरक्की मिलने पर तीन सौ मिलने लगेंगे। तब तुम शायद सुखी हो जाओगे। अगर तीन सौ तुम्हें दस यूनिट सुख दे सकते हैं तो ढाई सौ कम-से-कम छह-सात यूनिट तो दे ही सकते हैं। तो तरक्की होने तक तुम इस छह-सात यूनिट सुख को क्यों नहीं भोगते? आखिर इन ढाई सौ रुपयों ने तुम्हारा क्या बिगाड़ा है? यह भी तो सोचो कि इसी शिक्षा और योग्यता से आदमी को डेढ़ सौ भी नहीं मिलते।''

उसे मेरी बात बुरी लगी। वह मेरी तरफ ऐसे देखने लगा, जैसे मैंने उसे लूट लिया हो! उसने खीजकर कहा, ''आप तो मुझे मेरी ही बात उलटी करके समझाते हैं!''

ऐसा समझाने से उसका विश्वास टूटता था—यह विश्वास कि वह अन्याय का शिकार है, वह शहीद है। यह विश्वास उसके जीवन का आधार हो गया था और इस कारण वह अपने को विशिष्ट भी मानता था। अगर उसका यह विश्वास पूरी तरह टूट जाए, तो शायद वह मर जाए।

मैंने उसे उभारने की कोशिश की, ''तो फिर लड़ो। हाईकोर्ट में मामला ले जाओ।''

उसने मरी आवाज में कहा, ''क्या लड़ें! कोई सुनने वाला तो हो!''

वह मुझसे अप्रसन्न हो गया था। मिलता तो दूर से 'नमस्कार' करके छुट्टी पा लेता।

एक दिन उसके साथी ने मुझे बताया कि उसकी तरक्की हो गई है और किसी जिले के दफ्तर में उसका तबादला हो गया है।

दूसरे दिन मैं खुद रुका और उससे कहा, ''बधाई हो! सुना है, प्रमोशन हो गया?''

उसके चेहरे पर कोई परिवर्तन नहीं था। उसी परेशानी से उसने जवाब दिया, ''क्या प्रमोशन हो गया! जिले में फेंक दिया। पड़े रहो। कोई देखने वाला नहीं। यहाँ हेड ऑफिस में आदमी अफसरों की नजर में आता है। आगे कोई चांस मिलने की उम्मीद रहती है। जिले वालों को कौन पूछता है!''

मेरा उत्साह ठंडा हो गया। उसे तो कोई खुशी ही नहीं थी। सुना कि वह तबादला रुकवाने की कोशिश कर रहा है। फिर सुना कि उसका तबादला रुक गया है—वह तरक्की पर हेड ऑफिस में ही रहेगा। मुझे जब मिला तो मैंने कहा, ''अब तो सब ठीक हो गया? तरक्की भी हो गई और ऑफिस में भी रहे आए!''

उस पर कोई असर नहीं हुआ। उसी तरह गिरे मन से उसने जवाब दिया, ''हेड ऑफिस में कौन बड़ा सुख है? दस ठो अफसरों के सामने रहो और सबको खुश रखो! जरा-सी गलती हुई कि एकदम अफसरों की नजर में आ गई। इससे तो जिला ही अच्छा था। वहाँ कम-से-कम अपने दफ्तर का इंडिपेंडेंट चार्ज तो रहता। कोई ऊपर तो नहीं रहता।''

उसका वही 'मूड' आ गया और मैं किसी डाँटे हुए उत्साही बालक की तरह चुपचाप खिसक लिया।

पीढ़ियाँ और गिट्टियाँ

साहित्य के वयोवृद्ध थकित हुए।
वे लाठी टेकते हुए सड़क पर चलते।
मोटा चश्मा लगाकर चाँद देखते।
निमोनिया की दवा जेब में रखकर बगीचे में घूमते।
कान में ऊँचा सुनने का यंत्र लगाकर संगीत-सभा में बैठते।
भोजन से अधिक मात्रा में पाचन का चूरन खाते।

• • • एक दिन तरुणों ने उनसे कहा, ''प्रात:स्मरणीयो, सुनामधन्यो! आप अब वृद्ध हुए—वयोवृद्ध, ज्ञानवृद्ध और कलावृद्ध हुए। आप अब देवता हो गए। हम चाहते हैं कि आप लोगों को मन्दिर में स्थापित कर दें। वहाँ आप आराम से रहें और हमें आशीर्वाद दें।''

देवता थोड़ी देर तक विचार करते रहे, फिर बोले, "प्रस्ताव कोई बुरा नहीं है। पर हमारे यश का क्या होगा?"

"हम आपकी जय बोलेंगे," तरुणों ने कहा।

"और हमारे झंडों का क्या होगा?"

"हम आपके झंडों को मन्दिर के सामने के पीपल पर टाँग देंगे। वे वहाँ ऊँचे फहराएँगे।"

"और हमारे भोग का क्या होगा?"

"हम आपके भोग का भी प्रबन्ध करेंगे। रोज हम पकवानों के थाल लेकर आएँगे।"

"हमें श्रद्धा भी तो चाहिए। उसका क्या प्रबन्ध होगा?"

"हम रोज आपकी आरती करेंगे, और आपके चरणों पर मस्तक रखेंगे।"

"हमारे अर्थ का क्या होगा?"

"आपकी रॉयल्टी हम मन्दिर में ही पहुँचा दिया करेंगे। आपको हम हर पाठ्य-पुस्तक में रखवाएँगे, और जो प्रकाशक धन देने में आनाकानी करेगा, उसे ठीक करेंगे।"

"पर हम कर्म के बिना कैसे जीवित रहेंगे?" वयोवृद्ध ने कहा।

तरुणों ने समाधान किया, "जहाँ तक कर्म का सम्बन्ध है, आप लोगों की संस्मरण की अवस्था है। आप लोग आपस में संस्मरण सुनाएँगे ही। उनकी रिकार्डिंग होती जाएगी और हम उनकी पुस्तकें छपवा देंगे।"

सयानों ने आपस में सलाह की और एकमत से कहा, "हमें मंजूर है। बनाओ हमें देवता।"

युवकों ने एक दिन समारोहपूर्वक वयोवृद्धों को देवता बनाकर मन्दिर में प्रतिष्ठित कर दिया। उनके झंडे पीपल पर चढ़ा दिये। उनकी आरती की, उनके चरण छुए और भोग लगाकर काम पर चले गए।

देवता जब अकेले छूट गए, तब उनका ध्यान तरुणों पर गया।

एक ने बात उठाई, "लड़के इस समय न जाने क्या कर रहे होंगे!"

दूसरे ने कहा, "सड़कों पर घूम रहे होंगे।"

तीसरा बोला, "कोई खा रहा होगा, पी रहा होगा।"

चौथे ने कहा, "कोई खेल रहा होगा।"

पाँचवें ने कहा, "कोई नाटक देख रहा होगा, कोई फिल्म देख रहा होगा।"

छठा बोला, "कोई प्रेम कर रहा होगा।"

सातवें ने कहा, "कोई बढ़िया कपड़े पहने लोगों को लुभाता घूम रहा होगा।"

आठवें ने कहा, "कोई कविता सुना रहा होगा और 'वाह-वाह' लूट रहा होगा।"

वे उदास हो गए। कहने लगे, "लड़के बाहर ऐसा आनन्द कर रहे हैं; जीवन को इस तरह भोग रहे हैं; और देवता बने हम इस मन्दिर की कारा में बैठे हैं!"

तभी एक देवता, जो अब तक चुप था, बोला, "खाने-खेलने दो लड़कों को। हम तो न चल सकते, न खेल सकते, न दौड़ सकते। ज्यादा खा लेंगे, तो अजीर्ण हो जाएगा। ज्यादा बोलेंगे, तो साँस फूल उठेगी। प्रेम करने की भी अवस्था नहीं रही। भोगने दो जवानों को जीवन। वे हमारी जय तो बोलते हैं, हमारे झंडे तो फहराते हैं, हमारी आरती तो करते हैं! और क्या चाहिए हमें?"

लेकिन बाकी देवताओं को उसकी बात अच्छी नहीं लगी। वे बोले, "तुम बिलकुल नि:सत्त्व हो। तुम्हें इस बात का कोई बुरा नहीं लगता कि जहाँ-जहाँ हम थे, वहाँ-वहाँ वे जम गए हैं? जो हमारा था, वह सब उन्होंने ग्रहण कर लिया है, और हमें प्रतिमा बनाकर यहाँ चिपका दिया है।"

वह उठकर मन्दिर के दूसरे हिस्से में चला गया।

देवताओं में सलाह होती रही। फिर उनमें हलचल हुई।

शाम को युवक जब थालियों में मिष्ठान्न सजाकर देवताओं की जय बोलते हुए मन्दिर के पास पहुँचे, तो देखा, सब देवता चबूतरे पर खड़े हैं। उनके पास पत्थरों का ढेर है, और वे हाथों में भी पत्थर लिये हैं।

जवान आगे बढ़े, तो देवताओं ने उन पर पत्थर बरसाना शुरू कर दिया।

तरुण रुक गए। चिल्लाए, "देवताओ, पत्थर क्यों मार रहे हो?"

देवता बोले, "वहीं रुको और हमारी बात सुनो। तुमने हमें वंचित किया है।"

"किससे वंचित किया है?" तरुण ने पूछा।

"उस सबसे, जो हमारा था।" देवता उधर से चिल्लाए।

तरुणों ने जवाब दिया, "हमने तुम्हें वंचित नहीं किया। तुमने अपने-आपको वंचित किया है—तुम्हारी थकान ने, तुम्हारी उम्र ने, तुम्हारी चेतना-दुर्बलता ने, तुम्हारी शक्तिहीनता ने तुम्हें वंचित किया है। हम तो तुम्हें पूज रहे हैं, और तुम देवता होकर पत्थर मारते हो!"

देवताओं ने कहा, "हमें ऐसी पूजा नहीं चाहिए। हम भी तुम्हें वंचित करेंगे।"

एक देवता बोला, "तुम उन सड़कों पर नहीं चलोगे, जिन पर हम चले। वे मात्र हमारी हैं।"

दूसरा देवता चिल्लाया, "जो हमने खाया, वह तुम नहीं खाओगे, क्योंकि वह मात्र हमारा भोज्य था।"

तीसरा बोला, "जो हमने भोगा, वह तुम नहीं भोगोगे, वह मात्र हमारा भोग्य था।"

चौथा चिल्लाया, "जो हमने किया, वह तुम नहीं करोगे, क्योंकि वह केवल हमारा कर्म था।"

पाँचवाँ बोला, ''तुम अपने झंडे नहीं फहराओगे। झंडे सिर्फ हमारे होंगे। हमारे बाद किसी का कोई झंडा नहीं होगा।''

तरुणों ने कहा, ''आप लोग देवता हैं, दरोगा नहीं। देवोचित व्यवहार करिए। आप जिए, इसलिए क्या जीवन पर सिर्फ आपका अधिकार हो गया, और कोई दूसरा जी भी नहीं सकता? हमें यह सब स्वीकार नहीं है।''

''नहीं है तो लो,'' कहकर देवताओं ने पत्थर बरसाना शुरू कर दिया।

उन जवानों ने भी पास ही पड़े मिट्टी के ढेर से पत्थर उठाकर उन देवताओं पर फेंकने शुरू कर दिये।

एक युवक पीपल पर चढ़ गया और देवताओं के झंडे फाड़कर फेंक दिये।

दोनों तरफ से पथराव हो रहा था। दोनों तरफ से गाली-गलौज हो रही थी।

एक राहगीर से दूसरे ने पूछा, ''यह क्या मामला है?''

राहगीर ने जवाब दिया, ''दो पीढ़ियों की कलागत मूल्यों पर बहस चल रही है।''

रामसिंह की ट्रेनिंग

रामसिंह रोज शाम को मेरे घर आता है और मुझे सामने बिठाकर एक घंटे गालियाँ देता है।

पड़ोसी पूछते हैं, "क्या यह पागल हो गया है?"

मैं कहता हूँ, "नहीं।"

तब वे मुझे प्रोत्साहित करते हैं कि या तो मैं उसे पीटूँ या उन्हें उसे पीटकर पड़ोसी का कर्तव्य निभाने दूँ।

मैं हँस देता हूँ।

अब वे मुझे कायर या पागल समझने की तैयारी में हैं।

रामसिंह सिर्फ गालियाँ ही नहीं देता।

एक रात को वह मेरे घर में गाँजे की दो-चार कलियाँ डाल गया। सुबह आकर उसने घर की तलाशी ली और रूमाल से मेरे हाथ बाँधकर मुझे गिरफ्तार कर लिया।

रामसिंह मुझे छोटे भाई की तरह प्यारा है। मुझे यह देखकर खुशी होती है कि रामसिंह बड़ी तेजी से योग्य होता जा रहा है और वह नौकरी में तरक्की करता जाएगा।

आठ-दस दिन पहले की बात है। रामसिंह के बड़े भाई हनुमानसिंह बड़े परेशान-से मेरे पास आए। कहने लगे, "तुम्हें मालूम है, रामसिंह छुट्टी पर आया है? वह पुलिस इंस्पेक्टर क्या हो गया है, पागल हो गया है। उसने घर सिर पर उठा रखा है। कमरे को बन्द कर लेता है और घंटों गालियाँ बकता रहता है। एक दिन मैंने खिड़की के सुराख में से देखा कि हमारे बाप-दादों और नेताओं के जो चित्र दीवारों पर टँगे हैं, उन्हें वह गाली दे रहा है। एक दिन मैं मुन्ने से पढ़ने के लिए बैठने को कहकर बाहर चला गया। लौटकर आया तो बड़ी लड़की ने कहा—'रामसिंह चाचा का क्या दिमाग फिर गया है? आपके जाने के बाद मुन्ना उठकर खेलने चला गया। जब लौटा तो रामसिंह चाचा उससे क्या कहते हैं—ए मुन्ने, इकन्नी दे नहीं तो बड़े भैया से रिपोर्ट करके तुझे पिटवाऊँगा। हमने हँसी-हँसी में मुन्ने को इकन्नी देकर कहा कि चाचाजी को दे दे। हे भगवान, उन्होंने तो इकन्नी लेकर जेब में रख ली।' अजीब हरकतें करता है। बच्चों से पानी माँगता है और अगर देर हो जाए, तो चिल्लाता है—'जल्दी पानी ला। क्या समझता है! सात साल के लिए भेज दूँगा।' यार, मेरी तो नाक में दम है। क्या करूँ? उससे पूछता हूँ तो वह हँसकर कह देता है—'आगे चलकर समझोगे। अभी मत बोलो।' भई, मेरा तो विश्वास है कि उसका दिमाग फिर गया है।"

रामसिंह को मैं बचपन से जानता हूँ। बड़ा सुशील, ईमानदार और नम्र लड़का था।

दूसरे दिन मैं उससे मिला।

मैंने कहा, "यह मामला क्या है?"

उसने कहा, "मालूम होता है, बड़े भैया ने आपसे शिकायत कर दी है। मुझे कोई समझने की कोशिश नहीं करता। मैं कहता हूँ, एक महीना मुझसे कोई मत बोलो। मेरा दिमाग बिलकुल ठीक है। मैं पागल नहीं हूँ।"

मैंने कहा, "फिर तुम यह सब क्यों करते हो?"

उसने जो किस्सा बयान किया, वह उसी के शब्दों में यों है :

"भाई साहब, मैं नया-नया इंस्पेक्टर हुआ था। मेरे मन में बड़े ऊँचे आदर्श और सेवा-भावना थी। एक दिन पास के गाँव का एक लड़का आया और रिपोर्ट की कि उसके घर में रात को चोरी हो गई। मैं फौरन तहकीकात करने पहुँच गया।

उस घर के आँगन में एक बूढ़ा सिर झुकाए बैठा था। मुझे देखकर उठ बैठा और घबराते हुए बोला, 'पधारिये, साहब!' मैं खाट पर बैठ गया और पूछताछ करने लगा।

मैंने पूछा, 'बाबा, आपके ही घर में चोरी हुई है?'

वह चुप खड़ा रहा।

मैंने फिर पूछा, 'बाबा, चोरी आपके ही घर में हुई है?'

उसने कहा, 'क्या हुजूर, मुझसे पूछ रहे हैं?'

मैंने कहा, 'हाँ-हाँ, बाबा, आपसे ही।'

बूढ़ा बोला, 'मगर साहब, मेरा नाम तो 'ए साले बुड्ढे' है। बाबा तो मैं नहीं हूँ।'

मैं बूढ़े की बात समझ नहीं सका। जल्दी करने के लिए मैंने कहा, 'अच्छा, चोरी कब हुई?'

बूढ़ा फिर चुप हो गया। मैंने फिर पूछा। तब वह हाथ जोड़कर बोला, 'हुजूर, गलती तो हमसे हो गई। लड़का नादान है। मैं बाहर गया हुआ था। मैं होता, तो हरगिज रिपोर्ट नहीं होती और न आपको तकलीफ होती। लड़के की गलती आप माफ कर दें।'

मैं बड़ी हैरत में पड़ा। आखिर यह कह क्या रहा है?

मैंने कहा, 'आप अजब बात कर रहे हैं। चोरी की रिपोर्ट करनी ही चाहिए। आखिर हम किसलिए हैं? हमारा फर्ज है कि हम चोरी का पता लगाएँ और आपका माल वापस दिलवाएँ। हाँ, मुझे बताइए कि चोरी कब हुई और कौन-कौन चीज गई?'

बूढ़ा फिर मौन हो गया। वहाँ खड़े हुए लोगों की तरफ वह किसी अर्थ से देखता खड़ा रहा।

उसका लड़का दूध का गिलास भर लाया और देने लगा। मैंने इनकार किया तो बूढ़ा बोला, 'ले लीजिए, साहब!'

मैंने कहा, 'नहीं, मैं अपनी ड्यूटी कर रहा हूँ। मैं इस वक्त आपकी कोई चीज नहीं लूँगा—सुपारी का टुकड़ा तक नहीं।'

मैंने देखा कि वहाँ खड़े लोगों ने आपस में बड़े रहस्यात्मक ढंग से देखा और आँखों से कुछ इशारे भी किए।

मेरी हर बात पर वे लोग चौंक पड़ते और इशारे और कानाफूसी करने लगते।

मैंने बूढ़े से कहा, 'बाबा, तुम भी खाट पर बैठ जाओ। सयाने आदमी हो। खड़े क्यों हो?'

बूढ़ा डरकर दो कदम पीछे हट गया। उसने आसपास खड़े लोगों के कान में कुछ कहा।

मैं परेशान था कि लोग आखिर इतने भौंचक्के-से क्यों हैं? ये बातों का जवाब नहीं देते और न जाने क्या कानाफूसी करते हैं!

बूढ़े ने जेब से कुछ नोट निकाले और मेरी तरफ बढ़ाते हुए कहा, 'हुजूर, गलती हमसे जरूर हुई है, पर लड़का नादान है। मैं होता तो कभी रिपोर्ट नहीं होती। मैं

जानता हूँ कि आपको तकलीफ होती है और काम में हर्ज होता है। यह भी जानता हूँ कि इसका हर्जाना देना पड़ता है। सो ये पचास रुपए आप लीजिए और लड़के को माफ कर दीजिए। आइन्दा कभी भूल नहीं होगी।'

मैं थोड़ी देर के लिए हत्प्रभ हो गया। फिर कहा, 'देखिए, आपकी बातें मेरी समझ में बिलकुल नहीं आतीं। या तो आप पागल हैं या मैं कोई सपना देख रहा हूँ। मैं ये रुपए क्यों लूँ? मुझे तनख्वाह मिलती है अपने काम की। मैं एक पैसा भी लेना गुनाह समझता हूँ।'

मेरी बात का उन पर विचित्र प्रभाव पड़ा। बूढ़े की दीनता जाती रही। उसका चेहरा दृढ़ हो गया। उसने गाँववालों से कहा, 'अब भी तुम्हें कोई शक है?'

वे बोले, 'नहीं!'

बूढ़े ने हुक्म दिया, 'तो फिर देखते क्या हो?'

मैं कुछ समझूँ, इसके पहले उन लोगों ने मुझे पकड़कर रस्सी से मेरे हाथ-पाँव बाँध दिये।

बूढ़े ने एक आदमी से कहा, 'जा, शहर जाकर इंस्पेक्टर साहब से कहना कि कोई ठग या डाकू पुलिस की वर्दी पहनकर आया था, सो उसे हमने बाँध लिया है।'

मैं चिल्लाया, 'मैं ठग या डाकू नहीं हूँ। मैं पुलिस का इंस्पेक्टर हूँ।'

बूढ़ा बोला, 'तू पुलिस का इंस्पेक्टर नहीं है! तूने यह वर्दी चुराई है और पहनकर हमें ठगने आ गया है। मुझे तू धोखा नहीं दे सकता। मैंने क्या पुलिस वाले देखे नहीं हैं? पुलिसवालों को देखते-देखते बूढ़ा हो गया हूँ। तेरे-जैसी बातें पुलिस वाले नहीं करते। तू तो कोई ठग है!'

मैंने पूछा, 'आखिर तुम्हें मेरे ऊपर शक क्यों होता है?'

बूढ़े ने कहा, 'तुझमें एक भी लक्षण सच्चे पुलिस अफसर का नहीं है। पुलिस अफसरों को देखते मुझे वर्षों हो गए। किसी ने मुझे 'क्यों बे बुड्ढे' के सिवा कुछ और नहीं कहा। मुझे तो तभी शक हो गया था, जब तूने मुझे आदर से 'बाबा' कहा था। फिर तूने दूध पीने से इनकार किया। ऐसा कोई अफसर नहीं करता। फिर तूने रुपए नहीं लिये। ऐसा भी कोई अफसर करता है? अरे, हम तो डर के मारे चोरी की रिपोर्ट नहीं करते कि पुलिस वाले आएँगे, तंग करेंगे और हर्जाना वसूल करके सरकार में जमा करेंगे। और तू कहता है कि मैं एक पैसा नहीं लूँगा और चोरी का पता लगाऊँगा। ऐसा अफसर तो मैंने आज तक नहीं देखा। तू तो कोई ठग है। पर बेटा, स्वाँग पूरा नहीं रचा पाए और पकड़े गए। अब सच्चे पुलिस अफसर आते हैं जो तुझे दस-पाँच साल जेल में सड़ाएँगे।'

भाई साहब, मैं शाम तक वहीं बँधा पड़ा रहा। दिन ढलते शहर से एक साथी इंस्पेक्टर आया। उसने बूढ़े को पच्चीसों गालियाँ दीं। पूछा, 'क्यों बे साले बुड्ढे के बच्चे! इन्हें क्यों बाँध रखा है?'

गालियाँ सुनकर बूढ़ा खुश हो गया। बोला, 'हुजूर, यही तो हम इस ठग से कह रहे हैं। देखा रे, पुलिस अफसर ऐसे होते हैं, जैसे ये साहब हैं। और एक तू है जो 'बाबा-बाबा' कर रहा था।'''

रामसिंह ने कहा, ''भाई साहब, इस दुर्दशा के बाद मैंने सोचा कि मेरी ट्रेनिंग अधूरी रह गई। लोग मुझे ठग समझ लेते हैं। मैंने एक महीने की छुट्टी ली और ट्रेनिंग पूरी करने घर आ गया।''

मैंने कहा, ''रामसिंह, हमारा दुर्भाग्य है कि तेरे और मेरे—दोनों के पिता इस असार संसार से कूच कर गए। वे आज होते, तो उनका उपयोग करके तू तीन-चार दिनों में ही पूरा दक्ष हो जाता। खैर, अभी मैं हूँ। तू रोज मेरे ऊपर अभ्यास किया कर। इससे मुझे खुशी ही होगी कि तेरे किसी काम तो आया!''

तब से रामसिंह रोज मुझे गाली देता है और मैं हँसता रहता हूँ।

नगर-पालक

सभा भरी थी।

मंच पर से म्युनिसिपैलिटी में विरोधी दल के नेता और शहर के सबसे बड़े गल्ला-व्यापारी सेठ गोपालदास भाषण दे रहे थे। वे सिर पर टोपी की जगह कफन लपेटे थे।

उनके मुख से ऐसे अंगारे बरस रहे थे कि दो बार माइक फेल हो चुका था। एक बार उन्होंने क्रोध से ऐसा झपटा मारा कि वह नीचे गिर पड़ा।

वे कह रहे थे, ''मैं आज कफन लपेटकर निकला हूँ। यह कफन मैंने सत्ताधारी पक्ष के नेता की दुकान से खरीदा है। मैंने जनता के भले के लिए प्राण देने का संकल्प कर लिया है। मैं सरेआम जनता के हितों की हत्या नहीं देख सकता। जनता ने हमें चुनकर म्युनिसिपैलिटी में भेजा है और हमारा नैतिक कर्तव्य है कि हम उसकी सेवा करें। जब-जब हमने सत्ता सँभाली, हमने सर्वस्व त्यागकर नगर की

सेवा की। हमारी दुकान बरबाद हो गई, पर हमने परवाह नहीं की। आप जानते हैं, मुझे मजबूर होकर एक और दुकान खोलनी पड़ी। एक नहीं, दस दुकानें भी मुझे खोलनी पड़ें, तब भी मैं जनता की सेवा से मुँह नहीं मोड़ूँगा। मगर जिनके हाथों में पिछले दो सालों से सत्ता है, वे शहर को बरबाद कर रहे हैं। लाखों रुपए बह रहे हैं पर काम कौड़ी का नहीं होता। सड़कों में गड्ढे बन गए हैं, जिनमें गिरकर नागरिक मर रहे हैं। सफाई का प्रबन्ध नहीं है, जिससे बीमारियाँ फैल रही हैं और सैकड़ों नागरिक मर रहे हैं। मैं आप लोगों को चेतावनी देता हूँ कि अगर कुछ दिन और इनके हाथों में म्युनिसिपैलिटी रही, तो ये सारे शहर को मार डालेंगे। हजारों बच्चे अनाथ हो जाएँगे, हजारों नारियाँ विधवा हो जाएँगी। इस कल्पना से मेरा हृदय फट रहा है।''

सेठ गोपालदास फूट-फूटकर रोने लगे और कफन से आँसू पोंछने लगे।

यह देख भीड़ भी सुबक उठी।

इसी समय गल्ला बाजार के एक दलाल ने सेठ गोपालदास की जय बुलवा दी। सारा सभा-स्थल जयनाद से गूँज उठा।

सेठजी को शोक से गिरते देख दो-तीन दलालों ने उन्हें सँभाला।

सेठ गोपालदास ने भरे गले से कहा, ''मैंने इस अन्याय से लड़ने का प्रण कर लिया है। मैं इसी क्षण से आमरण अनशन शुरू कर रहा हूँ। अनशन तभी टूटेगा जब वे इस्तीफा दे देंगे। अगर मैं मर जाऊँ, तो इसी कफन से मेरे शरीर को ढँककर आप लोग जला दें। मैं तो जनता को ही भगवान मानता हूँ। हाथ फैलाकर जनता-जनार्दन से आशीर्वाद माँगता हूँ कि मैं इन जनता के शत्रुओं को सत्ता से हटा सकूँ।''

सभा में सन्नाटा छा गया।

दलालों ने फिर कई बार सेठ गोपालदास की जय बुलाई।

सेठजी कार में बैठकर अनशन करने घर चले गए।

दूसरे दिन, गल्ला-व्यापारियों ने अनशन के समर्थन में गल्ले के दाम बढ़ा दिये। सुबह के अखबार में सत्ताधारी पक्ष के नेता और शहर के सबसे बड़े कपड़ा-व्यापारी सेठ धरमचन्द का वक्तव्य छपा :

'...सेठ गोपालदास के सारे आरोप झूठे हैं। उनका अनशन पद-लोलुपता प्रकट करता है। जनता जानती है कि हम कतई पद-लोलुप नहीं हैं, क्योंकि हम पदों पर हैं। जो पद पर नहीं है, वही पद-लोलुप होता है।

'...सड़क के गड्ढे सेठ गोपालदास के कार्य-काल में ही बने थे। हमने इन्हें उनका निर्माण-कार्य समझकर उनकी रक्षा की। हम पूरी कोशिश करते हैं कि कोई इनमें गिरकर न मरे। पर होनी को कौन रोक सकता है! बीमारियों की बात भी झूठ

है। उनके कार्य-काल में मरनेवालों का औसत हमारे कार्य-काल से ऊँचा है। हमारे कार्य-काल में पानी की कमी नहीं हुई, क्योंकि वर्षा अच्छी हुई। प्रकृति हमारे साथ है। जनता उन्हीं से पूछे कि जब वे पद पर थे, तब पानी कम क्यों बरसता था?

'...सत्य यह है कि संघर्ष इन छोटी-छोटी बातों पर नहीं है। हमारे और उनके मतभेद सैद्धान्तिक हैं। सिद्धान्त जैसे उन्हें प्यारे हैं, वैसे हमें भी। जनता को नहीं मालूम कि ये सिद्धान्त क्या हैं, क्योंकि हमारा आपस में यह समझौता हो गया था कि सिद्धान्त जैसी पवित्र वस्तु का हम ढिंढोरा नहीं पीटेंगे। फिर जनता को सिद्धान्त से नहीं, काम से मतलब है। मेरी सेठ गोपालदासजी से प्रार्थना है कि वे जनता को भ्रमित न करें।'

इस वक्तव्य से नगर में और हलचल मच गई। पहली बार जनता को मालूम हुआ कि दोनों दलों के कोई गुप्त सिद्धान्त भी हैं, जिनकी रक्षा के लिए वे लोग प्राण भी देने को तैयार रहते हैं। मगर ये सिद्धान्त क्या हैं?—यह प्रश्न सबके मन में था।

तीसरे दिन गल्ले के व्यापारियों ने नैतिक दबाव बढ़ाने के लिए स्टॉक दबा लिया और अनाज सिर्फ कालाबाजार में बेचने लगे। इस नैतिक दबाव से शहर में हाहाकार मच गया। तुरन्त तीन नागरिकों की एक समझौता-समिति बनाई गई।

समिति सेठ गोपालदास के पास पहुँची। वे एक तख्त पर तकिए के सहारे लुढ़के थे। चर्बी कम हो जाने से सुडौल और दस साल छोटे लग रहे थे। कमरे में ऊदबत्ती जल रही थी। बाहर दालान में रामधुन लगी थी—'सबको सन्मति दे भगवान!' वातावरण सुगन्धमय और पवित्र हो गया था।

समिति के सदस्यों ने उनसे कुशलक्षेम पूछी, "कैसी तबीयत है आपकी?"

सेठजी ने कहा, "तबीयत क्या है? बस, कूच की तैयारी है। जनता में प्राण अटके हैं। छटपटा रहे हैं। जनता छोड़ दे, तो भव-बन्धन से मुक्ति पा जाएँ। हे राम!"

समिति ने कहा, "नहीं, ऐसा कैसे हो सकता है! जनता बलिदान करने वाले से बहुत डरती है। बलिदान करने वाला बड़ा खतरनाक होता है। वह उनसे घृणा करने लगता है, जिनके लिए वह बलिदान करता है। वह उनसे बदला लेता है। आपके अनशन को तीन दिन ही हुए हैं, मगर अनाज दुगुने दाम पर बिकने लगा है। कहीं आपके प्राण चले गए, तो गल्ला-व्यापारी जनता को भूखा मार डालेंगे। जनता डरी हुई है। उसने हमें इसीलिए भेजा है कि हम आपका अनशन तुड़वाएँ।"

सेठजी ने कहा, "सो कैसे हो सकता है? मेरा प्रण अटल है। वे लोग इस्तीफा दे दें, तो मैं अनशन समाप्त कर सकता हूँ। नहीं, तो मैंने कफन खरीद ही लिया है। आप लोग धरमचन्द से ही पूछिए।"

समिति ने कहा, "मगर सेठ साहब, वे तो कहते हैं कि जनता को इस विवाद से कोई मतलब नहीं है। यह सैद्धान्तिक मतभेद है। आखिर वे कौन-से सिद्धान्त हैं, जिन्हें लेकर दोनों दलों में संघर्ष चल रहा है?"

सेठजी उठकर बैठ गए। बोले, "धरमचन्द को सिद्धान्तों की बात नहीं उठानी थी। वे पवित्र होते हैं और उनको गुप्त रखने का समझौता हमारे बीच हुआ था। मगर एक तो धरमचन्द ने समझौता तोड़ दिया है। दूसरे, भूख के कारण मेरी आत्मा इतनी कमजोर हो गई है कि सिद्धान्तों को जकड़कर नहीं रख सकती है। इसलिए मैं सैद्धान्तिक मतभेद की बात खोलकर बताता हूँ। देखिए, हमने म्युनिसिपैलिटी को घृणित राजनीतिक दलबन्दी से मुक्त रखा है। वहाँ न कांग्रेस है, न समाजवादी, न साम्यवादी, न जनसंघ। इसके बदले हमने सिद्धान्तों के आधार पर दल बनाए। इस समय तीन सिद्धान्तों पर तीन दल बने हैं। ये तीन सिद्धान्त हैं—गेहूँ सिद्धान्त, कपड़ा सिद्धान्त और खुरचन सिद्धान्त। इस तरह तीन दल हुए—गेहूँ दल, कपड़ा दल और खुरचन पार्टी। गेहूँ सिद्धान्त यह कहता है कि जनता के भले के लिए बाहर से आने वाले गल्ले पर चुंगी की चोरी होनी चाहिए—यानी, गल्ला बिना चुंगी के निकल आना चाहिए। कपड़ा सिद्धान्तवालों की मान्यता है कि गेहूँ पर नहीं पर कपड़े पर चुंगी की चोरी होनी चाहिए। खुरचन पार्टी का सिद्धान्त विशुद्ध मानवतावाद पर आधारित है। वे लोग सबकी मदद करते हैं, जैसे नियुक्ति और तरक्की में कर्मचारियों की सहायता करना, ठेके दिलाना, सामान बिकवाना आदि। यह सब पुण्य है, और हर पुण्य को खुरचने से उसमें से पैसे झड़ते हैं। इस तरह तीन सिद्धान्तों वाले ये तीन दल हुए। हमारा 'गेहूँ दल' है, जिसमें गल्ला व्यापारी और दूसरे सम्बद्ध लोग हैं। धरमचन्द का 'कपड़ा दल' है, जिसमें कपड़ा व्यापारी हैं। 'खुरचन पार्टी' छोटी है और वह कभी हमारा साथ देती है, कभी उनका।"

सेठजी थक गए। नीबू निचोड़कर एक गिलास पानी पिया, तब आगे बोले, "जब हम सत्ता पर होते हैं, तब हम अपना सिद्धान्त निभाते हैं, और यह ठीक भी है। मगर पिछले दो सालों से 'खुरचन पार्टी' को मिलाकर वे सत्ता हथियाए हुए हैं। दो सालों से हम अनाज पर चुंगी दे रहे हैं और कपड़ा बिना चुंगी के आ रहा है। दो सालों से हमारे सिद्धान्त की हत्या हो रही है। जनता पर इसका क्या असर पड़ रहा है, सो हम जानते हैं। दो सालों से बीमारियाँ क्यों हो रही हैं? लोगों के 'लिवर' क्यों खराब हैं? पेचिश क्यों फैली है? जानते हैं आप लोग? इसलिए कि नागरिक वह अन्न खा रहे हैं जिस पर चुंगी लगती है। मैं जनता का बुरा होते नहीं देख सकता। मैं कहता हूँ, सड़क ठीक चाहे न हो, सफाई न हो, पैसे की कमी से पानी का प्रबन्ध चाहे न हो, पर जनता का पेट तो ठीक रहना चाहिए।"

समिति थोड़ी देर तो चकित रह गई। फिर मुखिया ने कहा, "सेठजी, हमें नहीं मालूम था कि मतभेद इतने गहरे हैं और सैद्धान्तिक हैं। हमारी आँखें आपने खोल दीं। अब हम सेठ धरमचन्दजी से बातें करने जा रहे हैं।"

समिति चलने लगी तो सेठजी ने कहा, "एक बात और सुनते जाइए। हमें पदों का मोह बिलकुल नहीं है। हमें तो सिद्धान्त प्यारा है। सिद्धान्त का पालन होना चाहिए, फिर चाहे कोई भी पदों पर रहे।"

समिति के सदस्य बाहर निकले, तो देखा कि जनता में उग्र आन्दोलन छिड़ गया है। हजारों आदमियों के दो जुलूस सड़कों पर नारे लगाते घूम रहे हैं। एक सेठ गोपालदास की जय बोल रहा है और दूसरा सेठ धरमचन्द की। दो-तीन जगह जुलूसों में झगड़ा हो चुका था। और एक बार पुलिस को लाठी-चार्ज भी करना पड़ा था।

समिति सेठ धरमचन्द के पास पहुँची और कहा, "सेठजी, शहर की हालत बड़ी खतरनाक है। किसी भी क्षण दंगा हो सकता है। आप लोगों में जल्दी ही समझौता होना चाहिए। हम अभी सेठ गोपालदास से मिलकर आ रहे हैं। उन्होंने हमें बहुत स्पष्ट करके आप लोगों का सैद्धान्तिक मतभेद समझा दिया है।"

सेठ धरमचन्द चौंक उठे। बोले, "क्या उन्होंने सिद्धान्त प्रकट कर दिये?"

समिति ने कहा, "उनकी मजबूरी थी। भूख के मारे उनकी आत्मा इतनी कमजोर हो गई है कि सिद्धान्त उसके शिकंजे से छूटकर मुँह से बाहर निकल पड़े। ज्यों-ज्यों उपवास बढ़ता जाएगा, त्यों-त्यों आत्मा और निर्बल होती जाएगी और तब न जाने कौन-कौन रहस्य उसके पंजे से छूटकर निकल पड़ें!"

सेठ धरमचन्द चिन्ता में पड़ गए। वे धीरे-धीरे कहने लगे, "यह तो बड़ी चिन्ता की बात है। मुझे नहीं मालूम था कि गोपालदास की आत्मा इतनी कमजोर है। खैर, अब आप लोगों की राय क्या है?"

समिति ने कहा, "किसी तरह अनशन टूटना चाहिए।"

धरमचन्द ने कहा, "पर यह हो कैसे? सिद्धान्त तो हम भी नहीं छोड़ सकते। आदमी की पहली आवश्यकता अन्न नहीं, वस्त्र है। आदमी एक दिन भूखा रह सकता है, पर नंगा नहीं रह सकता। आदमी हफ्ते-भर न खाए, तो मरेगा नहीं, पर ठंड की रात बिना कपड़े के गुजारे तो मर जाएगा। अत: हमारा सिद्धान्त है कि कपड़े पर चुंगी की चोरी होनी चाहिए। नागरिकों के स्वास्थ्य के लिए भी यह जरूरी है। आप शायद जानते हों कि जिस कपड़े पर चुंगी लगी हो, उसे पहनने से शरीर में खुजली, दाद जैसे चर्म-रोग हो जाते हैं। हमारा सिद्धान्त छोड़ना जनता के साथ धोखा होगा।"

समिति ने देखा कि धरमचन्दजी ढीले पड़ गए हैं। गोपालदासजी का ढीलापन वे लोग अभी देख ही आए थे।

समिति ने कहा, "देखिए, सिद्धान्त की बात अभी हम लोगों को ही मालूम हुई है, जनता को नहीं मालूम। मालूम होने पर क्या होगा, कह नहीं सकते। अभी वे आप लोगों के लिए मरने-मारने को तैयार हैं। इसलिए कोई रास्ता ऐसा निकालिए कि समझौता हो जाए। गोपालदासजी को पद प्यारा नहीं है, सिद्धान्त प्यारा है, समझे आप?"

धरमचन्द ने विचार किया। कहा, "यानी अगर हम उनका 'सिद्धान्त' भी अपना लें, तो क्या उन्हें सन्तोष हो जाएगा?"

"बिलकुल।" समिति ने कहा।

सेठ धरमचन्द ने कहा, "तो ठीक है। हम कपड़ा और अनाज—दोनों की चुंगी की चोरी की व्यवस्था कर देंगे। आप फौरन शहर में समझौते की घोषणा करके जनता को बता दीजिए कि शाम को पाँच बजे मैं अपने हाथ से गोपालदासजी को मुसम्मी का रस पिलाऊँगा।"

पाँच बजे हजारों की भीड़ के जयनाद के बीच सेठ गोपालदास ने अनशन तोड़ा। छज्जे पर से हर्ष-विह्वल जनता से नारे लगवाए जा रहे थे :

'सत्य की—जय हो!'

'जनता की—जय हो!'

'सेठ गोपालदास—जिन्दाबाद!'

'सेठ धरमचन्द—जिन्दाबाद!'

विकास-कथा

एक दिन मुझे विकास-मन्त्री के दफ्तर से एक बड़ा लिफाफा मिला। सरकारी लिफाफा एक लॉटरी है—न जाने उसमें से क्या निकल पड़े, जो जिन्दगी सुधार दे! मैं इसीलिए नहा-धोकर, ऊदबत्ती जलाकर बड़ी श्रद्धा-भावना से सरकारी लिफाफा खोलता हूँ। यह लिफाफा मैंने खोला और भीतर का पत्र पढ़ा तो मालूम हुआ कि यह मेरे नाम खुली लॉटरी तो नहीं है, उसका एक टिकट जरूर है।

पत्र में लिखा था—'विकास मन्त्रालय देश के लेखकों से अपेक्षा करता है कि वे देश के नवनिर्माण में भाग लें। इसी उद्‌देश्य से हम एक प्रतियोगिता आयोजित कर रहे हैं। इस वर्ष विकास-खंडों से जो हजारों रिपोर्टें हमें प्राप्त हुईं, उनमें से एक ने हमारा विशेष ध्यान खींचा। वह हमारी योजनाओं के क्रियान्वयन के एक सुन्दर पक्ष को उद्‌घाटित करती है। हम उस रिपोर्ट को अधिक-से-अधिक प्रचारित करना चाहते हैं, जिससे जनता विकास-कार्यों के इस सुन्दर पक्ष से परिचित हो, उसमें रुचि

ले और देश के लिए अधिक-से-अधिक त्याग करने के लिए तैयार हो। उक्त रिपोर्ट में गूढ़ अर्थ छिपे हैं, इसलिए उसकी व्याख्या आवश्यक है। इसके लिए हमें आपका सहयोग चाहिए। आप इस रिपोर्ट का अध्ययन करके, इसके गूढ़ार्थ को प्रकट करती हुई व्याख्या हमें भेजें। जिस लेखक की व्याख्या सबसे अच्छी मानी जाएगी, उसे पुरस्कार दिया जाएगा। व्याख्या 31 मार्च तक इस कार्यालय में पहुँच जानी चाहिए। इसके बाद प्राप्त हुई व्याख्या पर विचार नहीं किया जाएगा। यदि विकास मन्त्रालय में कोई आपकी पहचान का है, तो आप बाद में भी भेज सकते हैं। इस पत्र के साथ उक्त रिपोर्ट की एक प्रति भेजी जा रही है।'

मैंने इनाम के लोभ से देश-निर्माण के कार्य में भाग लेने का निश्चय किया। रिपोर्ट पढ़ी, उस पर मनन किया और उसके गूढ़ अर्थों को स्पष्ट करती हुई व्याख्या तैयार की। विकास मन्त्रालय में मेरी पहचान का कोई नहीं है, इसलिए मैंने 31 मार्च से बहुत पहले ही व्याख्या भेज दी। मुझे आश्चर्य हुआ कि मेरी व्याख्या सबसे अच्छी मानी गई और दिल्ली में हर इनाम के लिए डेरा डालकर और डबलरोटी बाँधकर (सत्तू बाँधकर नहीं) पड़े हुए 'सरकारी' लेखकों के बावजूद वह इनाम मुझे मिल गया। ईर्ष्यालु लेखकों ने मेरी सफलता का यह समाचार किसी अखबार में नहीं छपने दिया। पर सूर्य को हथेली से कुछ महीने ही ढँका जा सकता है। एक-दो महीने में विकास मन्त्रालय मेरी व्याख्या समेत उस रिपोर्ट की एक करोड़ प्रतियाँ छपवाकर समाचार हर भारतवासी तक पहुँचा देगा।

मैं यहाँ वह रिपोर्ट तथा अपनी व्याख्या दे रहा हूँ।

विकास-खंड की रिपोर्ट

इस वर्ष भी हमारे विकास-खंड में कुछ प्रतियोगिताएँ हुईं। अन्न-उत्पादन को प्रोत्साहित करने के लिए एक प्रतियोगिता रखी गई, जिसमें पहला स्थान किशनलाल नामक एक मामूली किसान को मिला। उसने बड़ी मेहनत करके अपनी थोड़ी-सी जमीन पर बहुत अच्छी फसल पैदा की थी। यों चर्चा फैली हुई थी कि अन्न-उत्पादन का पहला इनाम पुराने मालगुजार बलभद्रसिंह को मिलेगा, जिन्होंने दस साल पहले ही अपनी जमीन बेच दी थी, और शहर में सिनेमा-हाउस चला रहे थे। इस चर्चा में कुछ सत्यता जरूर थी क्योंकि ब्लॉक ऑफिसर साहब और मालगुजार साहब में दाँतकाटी रोटी थी। पर कुछ दिन पहले ही अफसरों से मालगुजार साहब की खटपट हो गई और इनाम किशनलाल को मिल गया। मालगुजार को अब कृषकों के प्रतिनिधि-मंडल में विदेश-यात्रा करने का मौका भी नहीं मिलेगा।

किशनलाल का नाम गाँव-गाँव में फैल गया। उसका एक फोटो खींचकर हमने अपनी फाइल में रखा। उसके खेत के गेहूँ और दाल सब अफसरों के घर भेजे गए और सबने उनकी तारीफ की।

एक दिन पुरस्कार-वितरण समारोह रखा गया। पुरस्कार कलेक्टर साहब के कर-कमलों से बँटवाने का निश्चय किया गया।

एक दिन विकास-अफसर की पत्नी, जिन्हें आगे रिपोर्ट में 'विकासनी' कहा जाएगा; कलेक्टर महोदय की पत्नी, जिन्हें 'क्लेक्टरानी' कहा जाएगा, को समारोह का निमन्त्रण देने पहुँची। दोनों में थोड़ी देर 'बहनजी-बहनजी' हुई। इसके बाद एक ने दूसरी की साड़ी, ब्लाउज आदि की प्रशंसा की। फिर दूसरे अफसरों की पत्नियों की निन्दा करके जब वे चरम आनन्द के क्षण में पहुँचीं, तब क्लेक्टरानी ने कहा, "क्यों जी, सब प्रतियोगिताएँ पुरुषों की ही क्यों होती हैं? स्त्रियों की भी प्रतियोगिता होनी चाहिए।"

विकासनी ने कहा, "उन स्त्रियों की क्या कंडा थोपने की प्रतियोगिता कराएँ, बहनजी?"

इस पर दोनों खिलखिलाकर हँस पड़ीं।

क्लेक्टरानी ने कहा, "नहीं, मेरा मतलब है, कोई यों ही मजेदार प्रतियोगिता करा दो। हमें स्त्रियों का भी विकास करना है। उन्हें भी आगे बढ़ना है।"

विकासनी ने पूछा, "तो आप ही बता दीजिए कि कैसी प्रतियोगिता करा दें?"

क्लेक्टरानी ने कहा, "हम स्कूल में पढ़ती थीं, तब खीर खाने की प्रतियोगिता होती थी। आँखों पर पट्टी बाँध दी जाती थी और सामने खीर का कटोरा रख दिया जाता था। जो सबसे पहले खा ले, उसे इनाम मिलता। तुम तो यही प्रतियोगिता कराओ। इसमें गाँव की औरतों के साथ हम लोग भी शामिल हों। हमें देश में समानता स्थापित करनी है न!"

विकासनी देवी को इस सुझाव से बहुत स्फूर्ति मिली। उन्होंने घर में विकास अफसर से कहा। साहब को भी यह बात पसन्द आई। उन्होंने दूसरे दिन इस कार्य के लिए सौ कटोरे खरीदे और पट्टियों के लिए दस गज कपड़ा खरीदा। ये दोनों चीजें प्रतियोगिता के बाद बेकाम हो गईं और उन्हें 'राइट-ऑफ' कर दिया गया।

'खीर-खाऊ' प्रतियोगिता का दृश्य बहुत सुन्दर था। मैदान में एक कतार में सैकड़ों ग्रामीण स्त्रियाँ बैठी थीं। सामने एक टेबल के आसपास कुर्सियों पर क्लेक्टरानी, विकासनी, डॉक्टरनी और तहसीलदारनी बैठी थीं। उनमें कलेक्टरानी अलग ही दमक रही थी।

विकासनी ने क्लेक्टरानी से कहा, "बहनजी, आपने क्या रूप पाया है! ज्यों-ज्यों उमर बढ़ती जाती है त्यों-त्यों निखरता ही जाता है। ईमान से, आँख नहीं ठहरती।" इस तथ्य का सबने समर्थन किया और वातावरण आनन्दमय हो गया।

ग्राम-सेविकाओं ने सबकी आँखों पर पट्टी बाँध दी। जब एक ग्राम-सेविका क्लेक्टरानी की आँखों पर पट्टी बाँधने लगी, तब उन्होंने उसे इस तरह देखा कि

उसने पट्टी ढीली बाँध दी। क्लेक्टरानी ग्राम-सेविका की इस अनुशासनबद्धता से बहुत खुश हुई।

जब खीर खाना शुरू हुआ, तो क्लेक्टरानी ने पट्टी आँखों पर से खिसका ली और झट खीर खाकर खड़ी हो गई। विकास-अफसर ने उन्हें प्रथम घोषित कर दिया। इससे सब अफसरों और अफसरानियों को प्रसन्नता हुई, क्योंकि वे सब अनुशासन से बँधे थे।

जब विकास-अफसर और विकासनी देवी विभिन्न प्रतियोगिताओं में जीतनेवालों के लिए इनाम की चीजें खरीदने चले, तो क्लेक्टरानी ने कहा कि मैं साथ चलकर इनाम खरीदवा देती हूँ। उन्होंने खीर खाने में प्रथम आने वाली के लिए लगभग तीन सौ रुपए का स्टेनलेस स्टील के बर्तनों का सेट खरीद दिया। बाकी विजेताओं के लिए खिलौने, रूमाल, टोपी, कंघे आदि खरीद लिये गए।

समारोह में कलेक्टर साहब ने इनाम बाँटे। लिस्ट में पहला नाम खीर-प्रतियोगिता में प्रथम आने वाली का था। वे मुसकराती, सकुचाती हुई कलेक्टर के सामने आकर खड़ी हो गईं। साहब मुस्कराए और उन्होंने स्टेनलेस स्टील के बर्तनों का सेट उन्हें प्रदान किया। सबने बड़ी देर तक तालियाँ बजाईं।

इसके बाद सबसे अधिक अन्न पैदा करने वाले किशनलाल का नाम पुकारा गया। साहब ने उसे एक डिब्बा दिया। किशनलाल ने उसे खोला। यह देख सब लोग खूब हँसे। साहब के पेट में तो हँसते-हँसते बल पड़ गए।

इसी तरह के इनाम दूसरे किसानों को भी मिले।

समारोह हँसी-खुशी के साथ समाप्त हुआ। इति।

मेरी व्याख्या—जिस पर इनाम मिला

यह घटना प्रतीकों के द्वारा देश के विकास-कार्य के एक सुन्दर पक्ष को सामने लाती है।

देश में इस समय खीर खाने की प्रतियोगिता मची है।

जनता की आँखों पर पट्टी बँधी है, मगर अफसरों ने अपनी पट्टी खिसका ली है और वे खुली आँखों से खीर खा रहे हैं।

जनता कुछ नहीं कहती, बल्कि ताली बजाती है।

जो मेहनत करता है, और उत्पादन करता है, उसके हाथ में बन्दर का खिलौना दे दिया गया है, जिससे उसका मन बहलता रहे।

जो खीर खाता है, उसे स्टेनलेस स्टील के बर्तन मिलते हैं, जिनमें और खीर खाई जा सकती है।

कलेक्टर ने क्लेक्टरानी को इनाम दिया—इससे प्रकट होता है कि देने वाला और लेने वाला एक ही है। हर देने वाला अपने-आपको ही दे रहा है।

जिसे दूसरे से मिलता है, उसे बन्दर का खिलौना मिलता है, जो खीर नहीं खा सकता।

शिक्षा—दूसरों की आँखों पर पट्टी बाँधकर, अपनी आँखें खुली रखकर, खीर खाना और इसके लिए इनाम पाना, हमारे विकास-अभियान की सफलता के लिए जरूरी है।

भूल-सुधार—ऊपर जो लिखा है, उसमें एक ही भूल है। विकास-मन्त्रालय ने कोई प्रतियोगिता नहीं की थी और न मुझे कोई इनाम मिला, सिर्फ इतनी बात झूठ है। बाकी विकास-खंड की रिपोर्ट और मेरी व्याख्या बिलकुल सही है।

रिसर्च का चक्कर

मैं काका की सलाह मानकर फजीहत में पड़ गया।

एक दिन वे कहने लगे, ''आयुष्मान, कोई लेबिल अपने ऊपर चिपका लो, वरना किसी दिन जेल चले जाओगे। तुम्हें बेकार घूमते देखकर किसी दिन कोई पुलिस वाला पूछेगा—क्या नाम है तेरा? बाप का नाम क्या है? कहाँ नौकरी करता है? तुम अपना और बाप का नाम तो बता दोगे, पर तीसरे सवाल के जवाब में कहोगे—नौकरी कहीं नहीं करता। यह सुनकर पुलिस वाला कहेगा—नौकरी नहीं करता? तब कोई चोर-उचक्का है तू। वह तुम्हें पकड़कर ले जाएगा। इस देश में जो किसी की नौकरी नहीं करता, वह चोर समझा जाता है। गुलामी के सिवा शराफत की कोई पहचान हम जानते ही नहीं हैं।''

मैंने कहा, ''काका, तो फिर?''

''विश्वविद्यालय में 'रिसर्च' करने लगो। वह नौकरी नहीं है, फिर भी इज्जत देती है। बहुत-से लोग पुलिस के डर से रिसर्च करते हैं। एम.ए. करने से नौकरी

मिलने तक जो काम किया जाता है, उसे रिसर्च कहते हैं। वह दफ्तर जाने के पहले किया गया हरि-स्मरण है। इसीलिए अधिकांश शोध-प्रबन्ध विष्णुसहस्रनाम हैं—यानी उनमें एक ही बात हजार तरह से कही जाती है।''

काका की बात से मेरी एक दबी हुई इच्छा जाग उठी। कुछ साल पहले एम.ए. करने के बाद रिसर्च करने की मेरी इच्छा थी। पर मेरे विभागाध्यक्ष तब मुझसे नाराज थे, क्योंकि मैं उनकी इच्छा के विरुद्ध पहला दर्जा ले आया था। बात यह थी कि मेरा एक सहपाठी गुरुदेव को घर तक पहुँचाता था, और उनका बिस्तर लगाकर उन्हें लोरी गाकर सुलाता था। मैं उन्हें सिर्फ चौराहे तक पहुँचाता था—क्योंकि मुझे लोरी नहीं आती थी। उन्होंने उस सहपाठी को प्रथम श्रेणी का वर दिया था और मुझे द्वितीय श्रेणी का शाप। पर किसी कारण से शाप और वर बदल गए। गुरु बहुत नाराज हुए और उन्होंने मुझे रिसर्च नहीं करने दी। अब वे नहीं थे। उनके विरोधी सिंह गुट ने उन्हें अपने दल समेत निकलवा दिया था। अब उनकी जगह डॉक्टर सक्सेना आ गए थे। मेरी वह दमित इच्छा जाग उठी। और मुझे काका की बात पट गई।

मैं दूसरे दिन डॉक्टर सक्सेना के बँगले पर पहुँचा। वे अपने अध्ययन-कक्ष में तीन-चार शोध-छात्रों के साथ बैठे थे। मैंने आचार्य को नमस्कार किया और अपना परिचय देने ही वाला था कि वे छात्र उठे और मुझे पकड़कर जबरन आचार्य के चरणों पर पटक दिया। एक ने उनके चरणों की धूल मेरे मस्तक पर लगा दी। मैंने अकबकाकर कहा, ''अरे, क्या करते हो?''

एक छात्र ने समझाया, ''हम आपको नियम सिखा रहे हैं। इस कमरे में आचार्यजी सिर्फ छात्रों को प्रवेश देते हैं। बगल के कमरे में वे दूसरे लोगों से मिलते हैं, जैसे—विश्वविद्यालय के अधिकारियों से, कार्यकारिणी के सदस्यों से, नेताओं से। इस कमरे में जो भी आता है, उसे आचार्यजी को साष्टांग दंडवत् प्रणाम करना पड़ता है और उनके चरणों की रज माथे पर लगानी पड़ती है। तुम देखते नहीं हो, भक्तों के लिए चरणरज हमेशा तैयार रखते हैं।''

मैंने कहा, ''और उस कमरे में क्या होता है? वहाँ का क्या नियम है?''

छात्र बोला, ''उस कमरे के बारे में जिज्ञासा से भी पाप लगता है। उस कमरे में गुरुदेव अपने हाथ धोकर जाते हैं।''

मैंने आचार्य के गन्दे पाँवों और साफ हाथों की तरफ देखा और वह छवि मेरे हृदय में हमेशा के लिए बस गई।

मुझे अब बैठने की अनुमति मिल गई। मैंने कहा, ''गुरुदेव, मैं रिसर्च करना चाहता हूँ।''

उन्होंने पूछा, ''क्यों?''

मैंने प्रभाव डालने के इरादे से कहा, ''मुझमें ज्ञान की पिपासा है। मैं किसी विषय का गम्भीर और सर्वांग अध्ययन करना चाहता हूँ।''

आचार्यजी बोले, "तुम्हारी उम्र कम नहीं है, पर तुममें अभी भी स्कूली बच्चों की तरह ज्ञान के प्रति उत्साह है। यह प्रौढ़ मानस का लक्षण नहीं है। अच्छा, पहले यह बताओ, तुम कौन जात हो?"

मैं इस सवाल से अचानक चकरा गया। जातिसूचक उपनाम मैंने वर्षों पहले छोड़ दिया था। मुझे लगा कि मैंने संविधान पर जरूरत से ज्यादा विश्वास कर लिया।

मेरी उलझन देखकर आचार्य ने पूछा, "ब्राह्मण कि कायस्थ?"

मैंने कहा, "दोनों नहीं।"

उन्होंने पूछा, "मगर तुम्हें कौन अच्छा लगता है—ब्राह्मण कि कायस्थ? यहाँ 'बम्हनों' ने अपना गुट बना रखा है, जिसके नेता हैं डॉ. शर्मा। हमने भी अपना गुट बना रखा है—कायस्थ गुट। उसके नेतृत्व का भार मुझ अकिंचन पर है। तुम अगर ब्राह्मण गुट के प्रति निष्ठावान हो, तो डॉ. शर्मा के पास जाओ। वे तुम्हारा प्रबन्ध करेंगे। अगर..."

मैंने पूछा, "गुरुदेव, क्या कोई ब्राह्मण कायस्थ गुट में शामिल नहीं हो सकता?"

उन्होंने कहा, "हो सकता है। स्वार्थ जाति और धर्म से ऊपर की निष्ठा है।"

मैंने पूछा, "उपकुलपतिजी किस गुट की तरफ हैं?"

आचार्यजी ने कहा, "उनकी माँ कायस्थ थीं और पिता ब्राह्मण थे। इसलिए वे कभी इस तरफ झुकते हैं और कभी उस तरफ। तुम अपना तय करो।"

मैंने कहा, "गुरुदेव, मैं तय करके ही आया हूँ। मैंने अपने सारे नाते तोड़कर सिर्फ आपसे सम्बन्ध रखा है। 'नाते सकल राम ते मनियत'—एकनिष्ठ भक्ति का यह सूत्र मैं जानता हूँ।"

डॉक्टर साहब प्रसन्न हुए। कहने लगे, "तुम्हारी निष्ठा से हम प्रसन्न हैं। हम तुम्हें डॉक्टरेट दिलवाएँगे। तुम रिसर्च शुरू करो। पर पहले 'रिसर्च' का अर्थ समझ लो। इसका अर्थ है—फिर से खोजना यानी जो पहले ही खोजा जा चुका है, उसे फिर से खोजना 'रिसर्च' कहलाता है। जो हमारे ग्रन्थों में है, उसे तुम्हें फिर से खोजना है। भारत के विश्वविद्यालयों में जो प्रोफेसरान हमारे विरोधी हैं, उनके ग्रन्थों और निष्कर्षों को तुम्हें नहीं देखना है, क्योंकि तब तुम्हारा काम रिसर्च न होकर 'सर्च' हो जाएगा। दूसरी बात यह है कि विश्वविद्यालय ज्ञान का विशाल कुंड है। इसमें जितना ज्ञान भर सकता है उतना भरा हुआ है। लबालब भरा है यह कुंड। इसमें अगर बाहर से और ज्ञान लाकर भरा जाएगा तो यह कुंड फूट जाएगा। तुम जानते हो, घाँसा बाँध टूटने से दिल्ली के आसपास कितना विनाश हुआ था। हर अध्यापक और हर छात्र का यह कर्तव्य है कि इस कुंड में बाहर से ज्ञान-जल न जाने दे, वरना बाँध टूटेगा और विनाश फैलेगा। ऐसे हर छेद पर अँगुली रखे रहो, जहाँ से ज्ञान भीतर घुस रहा हो।"

मैं नतमस्तक उनके उपदेश सुनता रहा। उन्होंने विस्तार से मुझे अपने कर्तव्य समझाए। बीच-बीच में उन छात्रों की तरफ देखकर कहते, "क्यों, झूठ कहता हूँ?"

वे कोरस में बोलते, ''नहीं, सच कहते हैं।''

अब आचार्य ने कहा, ''अब तुम थोड़ी देर बैठकर सुनो, ये छात्र क्या शोध करके लाए हैं। हाँ, तुम लोग एक के बाद एक अपना शोध-पत्र पढ़ो।''

पहले छात्र ने पढ़ा, जिसका सार यह कि परसों डॉक्टर शर्मा कहीं कार पर घूमने गए थे। साथ में उनकी पत्नी और बच्चे थे। यहाँ से चौथे मील पर कार का पेट्रोल खत्म हो गया। तब वे सब लोग पैदल यहाँ तक आए। फिर रात को डॉक्टर शर्मा नौकर के साथ पेट्रोल लेकर गए और तब कार लेकर आए। डिपार्टमेंट में सब छिपकर हँस रहे थे।

यह सुनकर आचार्य खूब जोर-जोर से हँसने लगे। बीच में कहते—'सब पैदल आए—ही-ही-ही-ही! फिर पेट्रोल लेकर गए—ही-ही-ही-ही!'

उन्हें हँसते देखकर वे छात्र भी ठहाके लगाने लगे।

मुझे हँसी नहीं आ रही थी। एक छात्र ने कहा, ''आप हँसते क्यों नहीं हैं? शुरू से ही अनुशासन भंग कर रहे हैं। आगे क्या होगा?''

मैंने इस अवसर पर अपनी प्रतिभा दिखाई। कहा, ''मैं सोच रहा हूँ कि एक महत्त्वपूर्ण विषय पर आप जैसे पारंगत शोधकर्ताओं का ध्यान क्यों नहीं गया?''

''किस विषय पर?'' उन्होंने पूछा।

मैंने कहा, ''इस पर कि कार में वह जो स्त्री थी, वह डॉक्टर शर्मा की पत्नी ही थी या कोई और?''

वे सब चकित रह गए। आचार्य ने तो खुशी से मुझे अपने गले से लगा लिया। कहने लगे, ''वाह, इसे कहते हैं शोध-प्रतिभा। मैं इतने सालों से रिसर्च करवा रहा हूँ, पर यह बात मेरी दृष्टि से भी ओझल हो गई। यंगमैन, तुम असाधारण हो। तुम्हें शोध कराकर मुझे गौरव मिलेगा।''

मेरा रंग जम गया।

दूसरे छात्र ने जो रिसर्च-पेपर पढ़ा, उसका सार यह था कि डॉक्टर शर्मा के गुट का एक अध्यापक, कार्यकारिणी के एक ठेकेदार सदस्य के घर गया और उसे लेकर उपकुलपति के बँगले पर गया। वहाँ वे लोग लगभग एक घंटा रहे। इसके बाद वे बाहर निकले और पाँच मिनट हँसते हुए बातें करते रहे।

इसी तरह बाकी ने भी अपने-अपने शोध-निबन्ध पढ़े।

आचार्य जी ने हम लोगों से कहा, ''अब तुम लोगों को मैं विशेष विषय पर काम दे रहा हूँ। तुम जानते हो, अभी इसी राज्य में मुख्यमंत्री बदला है। तुम्हें एक सप्ताह में शोध करना है कि इसका विश्वविद्यालय पर क्या असर पड़ेगा। पूरी तरह पता लगाओ कि किस अध्यापक के उनसे कैसे सम्बन्ध हैं? कौन लोग अपने को उनका 'आदमी' कहते हैं? कौन अभी तक अपने को पुराने मुख्यमंत्री का आदमी कहते हैं? उपकुलपति उनके कृपापात्र हैं या नहीं? और वे किन बातों से खुश होते हैं? देखो,

इस विषय पर बहुत ध्यान से काम करना है क्योंकि इसी पर तुम्हारे थीसिस की योग्यता निर्भर है।''

आचार्य ने जो नया विषय शोध के लिए दिया था, उस पर सबसे अच्छा काम मैंने ही किया। जब मैंने वह शोध-पत्र आचार्य के सामने पढ़ा, तो वे खुशी से उछल पड़े। कहने लगे, ''नियम यदि बाधक न होते, तो मैं इसी वक्त डी.लिट्. दिला देता।''

पर एक दिन आचार्य ने थोड़ी नाराजगी जाहिर की थी। उनके पास रिपोर्ट पहुँची थी कि मैं चौराहे पर विरोधी गुट के एक अध्यापक के साथ पान खा रहा था। मैंने कैफियत दी कि वह सिर्फ संयोग की बात थी।

वे बोले, ''मगर तुम उसके साथ हँस भी तो रहे थे। यह गलत है। एकनिष्ठता के बिना शोध नहीं होता। तुम्हें उस तरफ के लोगों की छाया से भी दूर रहना चाहिए।''

उस दिन से मैंने बड़ी सावधानी बरती।

लेकिन डॉक्टर होना मेरी किस्मत में नहीं था।

एक शाम को आचार्यजी ने मुझे बुलाया। कमरे के सब दरवाजे बन्द करके बोले, ''देखो, डीन की फिर नियुक्ति होने वाली है। वह शर्मा का बच्चा फिर कोशिश कर रहा है। वह मेरा एकमात्र प्रतिद्वंद्वी है। जैसा मैं कहता हूँ, वैसा तुम करो तो वह रास्ते से हट जाएगा और मैं डीन हो जाऊँगा।''

उन्होंने जेब से एक थैली निकालकर मेरे हाथ में दी और कहा, ''इसमें गाँजा है। इसे डॉक्टर शर्मा के घर में चुपचाप डाल देना और फिर किसी पब्लिक-फोन से बिना अपना नाम बताए, पुलिस को खबर कर देना।''

मैं एक क्षण तो खड़ा रहा, फिर गाँजा टेबल पर फेंककर फुर्ती से दरवाजा खोलकर जो भागा, तो आज तक नहीं गया।

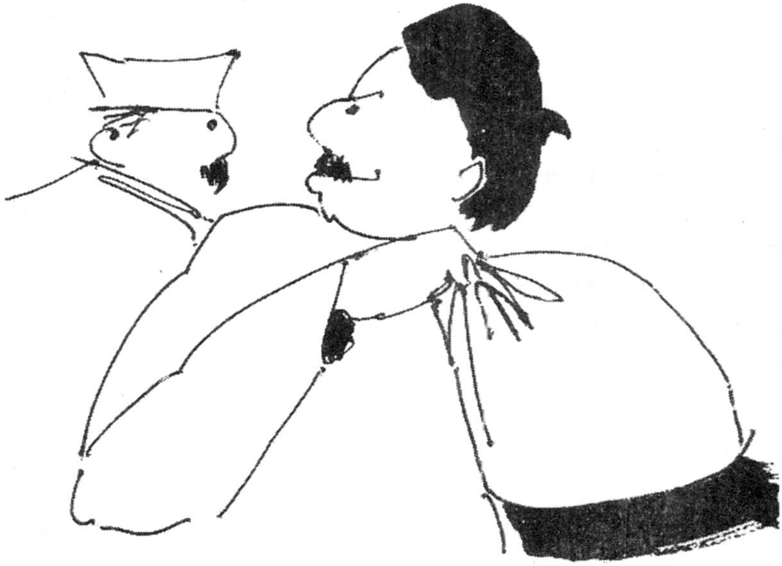

एमरजेंसी आचरण

एमरजेंसी की घोषणा के बाद तीसरे दिन सुरक्षा-कोष इकट्ठा करने वाले सेठ गोबरधनदास के पास आए। उस समय सेठजी दंड-बैठक कर रहे थे और उनकी आँखों से आँसू टपक रहे थे।

उनसे पूछा, ''सेठजी, आप दंड-बैठक क्यों कर रहे हैं?''

सेठजी ने कहा, ''चीनियों से लड़ने की तैयारी कर रहा हूँ।''

''मगर बरामदे में?'' दूसरे ने पूछा।

सेठजी ने कहा, ''सारे बाजार को प्रेरणा दे रहा हूँ, आदर्श उपस्थित कर रहा हूँ।''

उनमें से एक ने पूछा, ''मगर आपकी आँखों में आँसू क्यों हैं?''

सेठ गोबरधनदास ने आँसू पोंछते हुए कहा, ''भारत माता के लिए रो रहा हूँ।''

वह फिर फफककर रो पड़े और गमछा आँखों से लगा लिया।

जब वह शान्त हुए, तब सुरक्षा-कोष समिति के मन्त्री ने कहा, ''हम आपकी सेवा में सुरक्षा के लिए दान लेने आए हैं।''

“कितना?” गोबरधनदास ने पूछा।

उन लोगों ने एक-दूसरे की तरफ देखा और मन्त्री ने सकुचाते हुए कहा, “पाँच हजार दे दीजिए।”

सेठजी ने चेक-बुक निकाली और एक लाख का चेक काटकर दे दिया।

चेक देखते ही सुरक्षा-कोष वालों को गुस्सा आ गया। वे बोले, “आपने फिर वही हरकत की! एक लाख का चेक क्यों काटा? हमने आपसे कह दिया कि हम पाँच हजार से एक पैसा ऊपर नहीं लेंगे।”

सेठजी अड़ गए, “लेकिन मैं एक लाख ही दूँगा। गड़बड़ करोगे तो दो लाख दे दूँगा। मैं तुमसे डरता नहीं हूँ।”

एक सदस्य ने समझाकर कहा, “देखिए सेठजी, यह अन्याय आप बार-बार करते हैं। एक तो आप हमेशा इनकम-टैक्स के हिसाब में आमदनी बढ़ाकर बताते हैं और उचित से ज्यादा टैक्स देते हैं, और अब आप यह लाख रुपया दे रहे हैं! जनता की भी सहनशीलता की सीमा होती है। जनता इस आचरण को अधिक बरदाश्त नहीं करेगी।”

सेठजी के मुख पर और दृढ़ता आ गई। वह बोले, “मैं जनता के क्रोध से नहीं डरता। चाहे मेरी जान चली जाए, पर मैं एक लाख से एक पैसा भी कम न दूँगा। आप इसे लेते हैं या मैं एक लाख का चेक और काटूँ?”

इस धमकी के सामने सुरक्षा-कोष वाले ठहर नहीं सके। उन्होंने चेक को फौरन बस्ते में रखा और इससे पहले कि सेठजी दूसरा चेक काटें, वे भाग खड़े हुए।

पलक मारते एक लाख के चेक की बात सारे शहर में फैल गई। लोग चौराहों पर और होटलों में इसी की चर्चा करते रहे। सभी असन्तुष्ट थे। कहते थे, ‘सेठजी का अनाचार बढ़ता ही चला जा रहा है। वह दान की साधारण नैतिकता का पालन भी नहीं करते। वह क्या जनता को मूर्ख समझते हैं? जिस दिन जनता बिगड़ खड़ी होगी, उस दिन दान करना भूल जाएँगे।’

सेठजी को मालूम था कि जनता और सरकार, दोनों उनके इस कृत्य से नाराज हैं। पर वह बहुत साहसी आदमी थे। वह जानते थे कि शहर में यह बात फैल चुकी है कि सेठ गोबरधनदास रोज सुबह-शाम नियम से घड़ी लगाकर दो घंटे भारतमाता के लिए रोते हैं। इस बदनामी से भी वह नहीं डरे और अपना कार्यक्रम जारी रखा।

सेठजी के विरोधी एक अखबार ने दूसरे दिन बड़े-बड़े अक्षरों में समाचार छाप दिया कि उन्होंने एक लाख रुपए सुरक्षा-कोष में दे दिये हैं। अखबार ने उनकी तुलना दानवीर कर्ण से भी कर दी थी।

समाचार पढ़कर सेठजी का मुख पीला पड़ गया। वह घंटे-भर गुम-सुम बैठे रहे। उनका आत्म-क्लेश उनके मुख पर झलकता था। उन्होंने अपने वकील को बुलाया और अखबार को नोटिस दिलवाया—‘तुमने दान की प्रशंसा प्रकाशित करके उस दान को ही नष्ट कर दिया। मेरे एक लाख रुपए पानी में चले गए। फिर अपनी

प्रशंसा पढ़कर मेरी आत्मा को जो क्लेश हुआ, उस क्षति की पूर्ति भी एक लाख से कम में नहीं हो सकती। इस तरह एक लाख मौलिक दान की रकम और एक लाख आत्मा की क्षति-पूर्ति—कुल दो लाख रुपए सात दिन के भीतर दो, वरना अदालती कार्रवाई की जाएगी।'

नोटिस पढ़ते ही अखबार का सम्पादक घबरा गया। उसने दूसरे अंक में समाचार का खंडन प्रकाशित कर दिया—'जाँच करने पर मालूम हुआ है कि सेठ गोबरधनदास ने सुरक्षा-कोष में कुछ भी नहीं दिया। एक लाख रुपए देने की बात सर्वथा झूठ है और सेठजी के विरोधियों द्वारा फैलाई गई है। उस गलत समाचार के छपने से सेठजी की आत्मा को जो क्लेश हुआ, उसके लिए हम दुखी हैं और सेठजी से क्षमा-याचना करते हैं।'

इस खंडन को पढ़कर सेठजी की आत्मा को कुछ शान्ति मिली। पर उनकी आत्मा का जो एक कोना टूट गया था, वह फिर जुड़ नहीं सका।

जनता ने भी खंडन पर विश्वास नहीं किया। लोग बराबर दबी जबान में कहते थे, 'कितना भी छिपाओ, बात छिपती नहीं है। सेठजी ने जरूर एक लाख दिया है। अब लीपा-पोती करने से क्या होता है!'

इस घटना की सनसनी समाप्त भी नहीं हुई थी कि दूसरी घटना हो गई। एक दिन शहर में खबर फैल गई कि सेठ गोबरधनदास अपना सारा सोना जो कई हजार तोला है, लेकर बैंक के सामने बैठे हैं और हठ कर रहे हैं कि उसे सुरक्षा-कोष में देंगे। हजारों आदमी बैंक के सामने इकट्ठे हो गए। कई लोग सेठजी को समझाने लगे, "देखिए, यह आपको शोभा नहीं देता। कोई इसे बरदाश्त नहीं करेगा कि आप सारा सोना दे दें। आप इसमें से पाँच तोला दे दीजिए और बाकी घर ले जाइए।"

सेठजी हठ पर कायम थे। बोले, "चन्द्र टरै सूरज टरै, टरै जगत ब्यौहार—पर मेरा निश्चय टल नहीं सकता। सोना लो, वरना मैं यहीं सीढ़ी पर सोना लिये हुए मर जाऊँगा।"

बड़ी विकट स्थिति पैदा हो गई थी। भीड़ में हलचल मची हुई थी। नारे उठ रहे थे कि वे इतना सोना नहीं दे सकते, सिर्फ पाँच तोले लिया जाएगा।

सेठजी के माथे पर शिकन नहीं थी। वह शान्त भाव से सोने के ढेर के सामने बैठे थे, जैसे कोई ऋषि यज्ञ-वेदी के सामने बैठा हो!

भीड़ बढ़ती जा रही थी। शहर के सयाने सेठजी को समझाने की कोशिश कर रहे थे। इस स्थिति की खबर पाकर कलेक्टर भी आया। उसने कहा, "आपने बड़ी कठिन स्थिति पैदा कर दी। आप हमेशा उलटे काम करते हैं। इस उत्तेजित भीड़ को देख रहे हैं? जनता के क्रोध के प्रवाह में बड़े-बड़े बह जाते हैं। आप पाँच की जगह दस तोले दे दीजिए। मैं जनता को समझा दूँगा।"

सेठजी ने कहा, "कलेक्टर साहब! चन्द्र टरै, सूरज टरै, टरै जगत ब्यौहार। मगर सेठ गोबरधनदास का निश्चय टल नहीं सकता। मैं तो पूरा सोना दूँगा और आपको

लेना होगा। देश-रक्षा किफायत से नहीं होती। अगर सोना नहीं लिया जाएगा, तो मैं यहीं आमरण-अनशन कर दूँगा।''

कलेक्टर बड़ी उलझन में पड़ा। उसने जनता के प्रतिनिधियों से सलाह की और सेठजी को समझाया, ''देखिए, आप इस सोने का दान न कीजिए। बांड खरीद लीजिए।''

यह सुनकर सेठजी क्रोध से काँपने लगे। बोले, ''आप लोग मुझे समझते क्या हैं? मैं दान करने आया हूँ या व्यौपार करने? मैं इतना बेवकूफ नहीं हूँ कि बांड खरीदकर दस साल बाद सोने की कीमत ब्याज सहित ले लूँ। यह भुलावा किसी और को देना।''

कलेक्टर ने समझाया, ''पर यह भी तो सोचिए कि आपके इस आचरण का समाज पर क्या प्रभाव पड़ेगा। समाज के एक सदस्य के नाते आपको स्वस्थ उदाहरण पेश करना चाहिए।''

सेठजी ने कहा, ''मैं तो अपना आचरण देखता हूँ। समाज अपना देखे। मैं तो सोना दूँगा।''

इसके बाद बड़ी गड़बड़ मची। जनता में रोष उमड़ पड़ा। कलेक्टर ने भीड़ को तितर-बितर करवाया। सेठजी के पास हथियारबन्द पुलिस का पहरा लगा दिया गया। सेठजी शाम तक वहीं बैठे रहे। बैंक बन्द होने लगा, तब कलेक्टर ने मैनेजर से कहा, ''बड़े हठी आदमी से पाला पड़ा है। मैंने अच्छों-अच्छों को ठीक कर दिया है, पर इसने मुझे परेशान कर रखा है। इसका सोना लेना ही पड़ेगा।''

मैनेजर सोना तुलवाने लगा। उसने मंगल-सूत्र उठाकर कहा, ''सेठजी, कम-से-कम सेठानीजी का मंगल-सूत्र तो न दीजिए।''

सेठजी ने कहा, ''इसे लेकर मैं घर लौटूँगा तो सेठानी आत्महत्या कर लेगी। मुझे गृहस्थी उजाड़नी है क्या?''

मंगल-सूत्र सहित सारा सोना देकर जब सेठजी घर लौटे, तो रास्ते में लोग उन पर उँगलियाँ उठा रहे थे। कई बार उन्हें लोगों ने घेर लिया, पर वह शान्ति से आगे बढ़ गए।

शहर का वातावरण बहुत गरम हो गया था। सेठजी के दान को लेकर उत्तेजना फैल गई थी। दलबन्दी हो गई थी। उत्तेजना और बढ़ी, जब सेठजी ने अतिरिक्त लाभ-कर के लिए अपना मुनाफा सही से ज्यादा बता दिया। सरकारी अधिकारी ने बहुत समझाया कि आप अन्याय कर रहे हैं। मुझे मालूम है कि आपका मुनाफा इससे बहुत कम है। आप बढ़ाकर बता रहे हैं। यह अनैतिक है और कानूनन जुर्म भी। सेठजी ने बात अनसुनी कर दी।

आग भीतर-ही-भीतर सुलग रही थी। शासन की शान्ति भंग होने की आशंका थी। कलेक्टर ने सेठजी को समझा दिया था कि अब वह कोई ऐसी हरकत न करें, जिससे गड़बड़ पैदा हो। उन्हें चेतावनी दे दी गई थी।

मगर एक दिन विस्फोट हो ही गया। सेठजी कई चीजों के स्टॉकिस्ट थे। एक सुबह खबर फैल गई कि सेठ गोबरधनदास ने चीजों के दाम नहीं बढ़ाए और सही कीमतों की सूची दुकान पर लगा दी है।

सर्वत्र उत्तेजना फैल गई। हजारों की संख्या में लोग दुकान के सामने इकट्ठे हो गए। सबकी जबान पर एक ही बात थी—'यह कैसा आदमी है! देखो, कीमत ही नहीं बढ़ा रहा है! इसे इस बात की परवाह ही नहीं है कि संकटकालीन स्थिति चल रही है। अपने सामने देश और समाज को कुछ समझता ही नहीं।'

भीड़ नारे लगाने लगी, 'कीमतें बढ़ाओ! स्टॉक दबाओ! सूची हटाओ! सूची हटाओ!'

सेठजी ने परवाह नहीं की।

भीड़ काबू से बाहर होने लगी। इसी समय कलेक्टर पुलिस-दस्ते के साथ आ गया।

उसने कहा, "सेठजी, आपने बड़ी समस्या खड़ी कर दी। पब्लिक बिगड़ खड़ी हुई है। दलबन्दी हो गई है, मार-पीट शुरू हो गई है। शान्ति भंग होने का पूरा खतरा पैदा हो गया है। मैं आपको पाँच मिनट का समय देता हूँ, इसमें आप इस सूची को निकाल दीजिए।"

भीड़ फिर चिल्लाई, 'कीमतें बढ़ाओ! स्टॉक दबाओ!'

सेठजी न कुछ बोले और न अपनी जगह से हिले।

कलेक्टर ने कहा, "पाँच मिनट पूरे हो रहे हैं। मैं एक बार फिर आपसे पूछता हूँ कि आप सूची हटाते हैं या नहीं?"

सेठजी मौन! उधर भीड़ में पत्थरबाजी शुरू हो गई।

तब कलेक्टर ने कहा, "तो मुझे भी अपना कर्तव्य पूरा करना होगा। शान्ति और सुरक्षा बनाए रखना मेरी जिम्मेदारी है। मैं आपको भारत-सुरक्षा कानून के अन्तर्गत गिरफ्तार करता हूँ।"

सेठजी को पुलिस ले गई। जनता ने सूची को फाड़ दिया और भीड़ छँट गई।

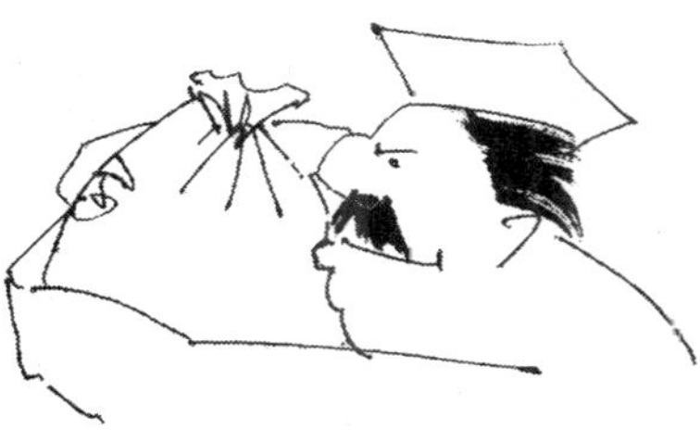

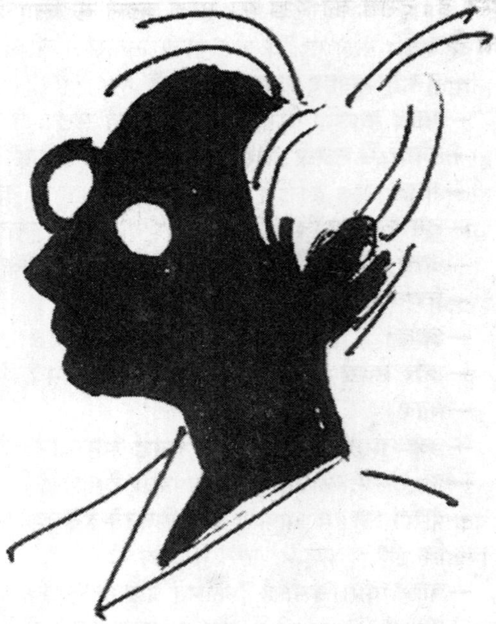

एक सुलझा आदमी

बहुत लोग पूछते हैं कि मेरी दृष्टि इतनी साफ कैसे हो गई है और मेरा व्यक्तित्व ऐसा सरल कैसे हो गया है।

बात यह है कि बहुत साल पहले ही मैंने अपने-आपसे कुछ सीधे सवाल किए थे। तब मेरी अन्तरात्मा बहुत निर्मल थी—शेव के पहले के काँच जैसी। कुछ लोगों की अन्तरात्मा बुढ़ापे तक वैसी ही रहती है, जैसी पैदा होते वक्त थी। वे बचपन में अगर बाप का माल निस्संकोच खाते हैं, तो सारी उम्र दुनिया-भर को बाप समझकर उसका माल निस्संकोच मुफ्त खाया करते हैं। मेरी निर्मल आत्मा से सीधे सवालों के सीधे जवाब आ गए थे, जैसे बटन दबाने से पंखा चलने लगे। जिन सवालों के जवाब तकलीफ दें, उन्हें टालने से आदमी सुखी रहता है। मैंने हमेशा सुखी रहने की कोशिश की है। मैंने इन सवालों के सिवा कोई सवाल नहीं किया और न अपने जवाब बदले। मेरी सुलझी हुई दृष्टि, मेरे आत्मविश्वास और मेरे सुख का यही

रहस्य है। दूसरों को सुख का रास्ता बताने के लिए मैं वे प्रश्न और उनके उत्तर नीचे देता हूँ :

—तुम किस देश के निवासी हो?

—भारत के।

—संसार में सबसे प्राचीन संस्कृति किस देश की है?

—भारत की।

—तुम किस जाति के हो?

—आर्य।

—विश्व में सबसे प्राचीन जाति कौन?

—आर्य।

—और सबसे श्रेष्ठ?

—आर्य।

—क्या तुमने खून की परीक्षा कराई है?

—हाँ, उसमें सौ प्रतिशत आर्य-सेल हैं।

—देवता भगवान से क्या प्रार्थना करते हैं?

—कि हमें पुण्यभूमि भारत में जन्म दो।

—बाकी भूमि कैसी है?

—पापभूमि है।

—देवता कहीं और तो जन्म नहीं लेते?

—कतई नहीं। वे मुझे बताकर जन्म लेते हैं।

—क्या देवताओं के पास राजनीतिक नक्शा है?

—हाँ, देवताओं के पास 'ऑक्सफोर्ड वर्ल्ड एटलस' है।

—क्या उन्हें पाकिस्तान बनने की खबर है?

—उन्हें सब मालूम है। वे 'बाउंडरी कमीशन' की रेखा को मानते हैं।

—ज्ञान-विज्ञान किसके पास है?

—सिर्फ आर्यों के पास।

—यानी तुम्हारे पास है?

—नहीं, हमारे पूर्वज आर्यों के पास।

—उसके बाहर कहीं ज्ञान-विज्ञान तो नहीं है?

—कहीं नहीं।

—इन हजारों सालों में मनुष्य-जाति ने कोई उपलब्धि की?

—कोई नहीं। सारी उपलब्धियाँ हमारे यहाँ हो चुकी थीं।

—क्या अब हमें कुछ सीखने की जरूरत है?

—कतई नहीं। हमारे पूर्वज तो विश्व के गुरु थे।

—संसार में महान कौन?

—हम, हम, हम, हम, हम...!

मेरा हृदय गद्गद हो गया। अश्रुपात होने लगा। मैंने आँखें बन्द कर लीं। मुख से स्वर निकलने लगे, 'अहा! वाह! कैसा सुख है?'

इसी समय मेरा एक परिचित वहाँ आ गया। बोला, "क्या आँखें आ गई हैं? कोई दवा डाल रखी है?"

मैंने कहा, "अंजन लग गया है। पर बाहर की आँखों में नहीं, भीतर की आँखों में। नई दृष्टि मिल गई है। बड़ा सन्तोष है। अब सब सहज हो गया है। इतिहास सामने आ गया। जीवन के रहस्य खुल गए। न मन में कोई सवाल उठता, न कोई शंका पैदा होती। जितना जानने योग्य था, जाना जा चुका। सब हमारी जाति जान चुकी। अब न कुछ जानने लायक बचा, न करने लायक।"

मैंने उसे वे सवाल और जवाब बताए। उसने कहा, "ठीक है। मैं समझ गया। आत्मविश्वास धन का होता है, विद्या का भी और बल का भी, पर सबसे बड़ा आत्मविश्वास नासमझी का होता है।"

इसे मैंने अपनी प्रशंसा समझा और अपने विश्वासों में और पक्का हो गया। मैं अपने विचार खुलकर प्रकट करने लगा और लोगों को वे दिलचस्प मालूम हुए। लोग मुझे सुनने के लिए तड़पने लगे और इंजीनियरों से लेकर दार्शनिकों तक के बीच मुझे बुलाया जाने लगा।

एक दिन डॉक्टरों की सभा में मैंने कहा, "पश्चिम गर्व करता है कि उसने पेनिसिलीन की खोज करके मनुष्य की आयु बढ़ा दी है। उसे नहीं मालूम कि पेनिसिलीन दूसरे विश्वयुद्ध के समय नहीं, महाभारत-युद्ध के समय हमारे यहाँ खोज लिया गया था। मित्रो! कल्पना कीजिए—भीष्म पितामह, ऊर्ध्वरेता, अखंड ब्रह्मचारी भीष्म, शर-शैया पर पड़े हैं। सारा शरीर घावों से क्षत-विक्षत हो गया है। वे सूर्य की गति देख रहे हैं। सूर्य उत्तरायण हो, तो वे प्राण त्यागें। वे पूरे इक्यावन दिन जीवित रहे और फिर भी घावों से नहीं मरे; इच्छा से प्राणों का त्याग किया। मैं पश्चिम के वैज्ञानिकों से पूछता हूँ कि उनके घाव 'सेप्टिक' क्यों नहीं हुए? पेनिसिलीन के कारण। उन्हें पेनिसिलीन दिया गया था। भारत ने दस हजार साल पहले जो पेनिसिलीन विश्व को दिया था, वही अब पश्चिम हमें इस तरह लौटा रहा है, जैसे वह उसी की खोज हो! मित्रो! भूलिए मत कि भारत विश्व का गुरु है। हमें कोई कुछ नहीं सिखा सकता।"

इस पर खूब जोर से तालियाँ बजीं और सब मान गए कि हमें कोई कुछ नहीं सिखा सकता।

हाल ही में भारत-पाक युद्ध के दौर में टैंक-भेदी तोप की बड़ी चर्चा थी। मैं सुनता था और हँसता था। आखिर एक दिन एक सभा में मैंने कह दिया, "जो लोग

टैंक-भेदी तोप की तारीफ करते हैं, वे भूल जाते हैं कि टैंक तो आज बने हैं, पर टैंक-भेदी तोपें हमारे यहाँ त्रेता युग में बनती थीं। भाइयो, कल्पना कीजिए उस दृश्य की—राम सुग्रीव से कह रहे हैं कि मैं बालि को मारूँगा। सुग्रीव सन्देह प्रकट करता है। कहता है—बालि महाबलशाली है। मुझे विश्वास नहीं होता कि आप उसे मार सकेंगे।

तब क्या होता है कि मर्यादा-पुरुषोत्तम धनुष उठाते हैं, बाण का संधान करते हैं और ताड़ के वृक्षों की एक कतार पर छोड़ देते हैं। बाण एक के बाद एक सात ताड़ों को छेदकर निकल जाता है। सुग्रीव चकित है। वन के पशु-पक्षी, खग-मृग और लता-वल्लरी चकित हैं। सज्जनो, जो एक बाण से सात ताड़ छेद डालते थे, उनके पास मोटे-से-मोटे टैंक को छेदने की तोप क्या नहीं होगी? भूलिए मत, हम विश्व के गुरु रहे हैं और कोई हमें कुछ नहीं सिखा सकता।''

खूब ताली पिटी और सब मान गए कि कोई हमें कुछ नहीं सिखा सकता।

एक दिन मनोविज्ञान पर एक परिचर्चा आयोजित थी। प्रोफेसर लोग लम्बे-लम्बे भाषण दे रहे थे। जब सहन नहीं हुआ, तो मैं भी बोलने पहुँच गया। मैंने कहा, ''साइकॉलोजी—हुँह! मनोविज्ञान—हुँह! लोग कहते हैं कि साइकॉलोजी आधुनिक विज्ञान है। मैं पूछता हूँ, क्या प्राचीन भारत में साइकॉलोजी नहीं थी? अवश्य थी। अहा, उस दृश्य की कल्पना कीजिए। सूना वन-प्रदेश है। स्वच्छ शिला पर ऋषि और उनकी पत्नी बैठे हैं। चाँदनी फैली हुई है। मद-मन्द सुगन्धमय समीर बह रहा है। ऐसे में ऋषि और उनकी पत्नी के हृदय में क्या भावनाएँ उठ रही होंगी? बस, यही तो साइकॉलोजी है। हमारे देश में यह हजारों वर्ष पहले थी और कहते हैं कि यह आधुनिक विज्ञान है! वे भूलते हैं, कोई हमें कुछ नहीं सिखा सकता।''

लोगों ने तालियाँ पीटीं और मान गए कि हमें कोई कुछ नहीं सिखा सकता।

एक बार विदेश से कोई 'बॉटनिस्ट' (वनस्पति वैज्ञानिक) आया। उनका एक जगह भाषण होना था। मुझे बताया गया कि यह 'फॉसिल' का विशेषज्ञ है, यानी चट्टानों के बीच दबे हुए पौधे या जन्तु के पाषाणरूप हो जाने का। मैंने उसका भाषण सुना और मेरे भीतर हलचल होने लगी। वह पश्चिम के वैज्ञानिकों के नाम ही लेता रहा और विदेशों के 'फॉसिल' दिखाता रहा। उसके बाद मैं बोलने को खड़ा हो गया। मैंने कहा, ''आज हमने एक महान 'बॉटनी' का भाषण सुना। (बाद में मुझे बताया गया कि वह बॉटनिस्ट कहलाता है।) उन्होंने हमें बताया कि 'फॉसिल' कैसे होते हैं। मैं आपसे पूछता हूँ कि क्या प्राचीन भारत में 'बॉटनी' नहीं थे? अवश्य थे। हम उन्हें भूलते जा रहे हैं। भगवान रामचन्द्र एक महान 'बॉटनी' थे और अहल्या एक 'फॉसिल' थी। महान बॉटनी रामचन्द्र ने अहल्या फॉसिल का पता लगाया। वे आज के इन बॉटनियों से ज्यादा योग्य थे। ये लोग तो फॉसिल का सिर्फ पता लगाते हैं और उसकी जाँच करते हैं। महान बॉटनी राम ने 'फॉसिल' अहल्या को फिर से

स्त्री बना दिया। ऐसे-ऐसे चमत्कारी बॉटनी हमारे यहाँ हो गए हैं। हम विश्व के गुरु रहे हैं। हमें कोई कुछ नहीं सिखा सकता।''

इस पर भी खूब तालियाँ पिटीं और विदेशी विशेषज्ञ तक मान गए कि क्यों कोई कुछ नहीं सिखा सकता।

एक दिन मैं ऐसी जगह पहुँच गया, जहाँ दो पहलवान किस्म के आदमी भाषण देने वाले थे। बताया गया कि वे विदेशों में शरीर-सौष्ठव की शिक्षा लेकर आए हैं और यह बताने वाले हैं कि शरीर को किस प्रकार पुष्ट बनाया जा सकता है। मैं उनकी बातें सुनता रहा। अन्त में बोला, ''शरीर तो हमारे पूर्वज बनाते थे। हमारे पास न शरीर है, न उसे हम बना सकते हैं। मैं आपसे पूछता हूँ कि आपने भगवान राम और कृष्ण की इतनी तसवीरें देखी हैं, क्या ऐसी भी कोई तसवीर है जिसमें वे पूरे कपड़े पहने हों? किसी भी कैलेंडर पर आपको ऐसी तसवीर नहीं मिलेगी जिसमें वे कमर से ऊपर कपड़ा पहने हों। यह हिस्सा वे उघाड़ा रखते थे। क्यों? इसलिए कि उन्होंने शरीर बनाया था और उसे दिखाना चाहते थे। पर आप लोग कोट और पैंट पहने हुए बैठे हैं। ठीक है, आपके पास दिखाने को क्या है? और ये पश्चिम के सीखे हुए लोग आपको वह क्या सिखा सकते हैं, जो राम और कृष्ण एक तसवीर से सिखा गए।''

लोगों ने तालियाँ पीटीं और सब मान गए कि कोई हमें अब कुछ नहीं सिखा सकता।

मेरी दृष्टि ऐसी साफ और सुलझी हुई हो गई है कि मेरी बात तर्क से परे होती है। उस पर विश्वास करना पड़ता है। जहाँ मैं एक बार भाषण दे देता हूँ, वहाँ के लोग एकदम मान जाते हैं कि हमें कोई कुछ नहीं सिखा सकता। मुझे मालूम है कि बहुत लोगों ने मेरी बातें सुनकर कुछ भी सीखना बन्द कर दिया है।

आशंका-पुत्र

सिलसिलेवार आठ खंड हैं इस इमारत में। मैं तीसरे खंड में हूँ। दो खंडों को एक पतली दीवार विभाजित करती है। बरामदे में यह केवल आधी ही उठी है। इस तरफ की आवाज दीवार को छेदकर या पार करके मजे में उस तरफ चली जाती है। कोई 'प्राइवेसी' नहीं। जिसका अपना मकान नहीं, उसकी भी क्या 'प्राइवेसी'! किराए पर देने के लिए जब मकान बनवाया जाता है, तो खास खयाल रखा जाता है कि किराएदार को भूल से भी कहीं कोई सुविधा न मिल जाए। रेडियो-नाटक की तरह ध्वनि के सहारे एक खंड का जीवन दूसरे खंडवालों को ठीक समझ में आ जाता है। इन आठों परिवारों में परस्पर कुछ छिपा नहीं है, यद्यपि हर एक छिपाने की कोशिश करता है और समझता भी है कि सबकुछ छिपा है। मध्यम वर्ग के परिवार हैं सब—बाबू, मास्टर, इंस्पेक्टर। स्थायी नीरसता निवास करती है यहाँ। कभी-कभी नीरसता से ऊबकर ये घरघुसी स्त्रियाँ आपस में शौकिया लड़ पड़ती हैं। कलह से

सस्ता मनोरंजन और क्या होगा? हाँ, होता है—सो बच्चों की पलटन भी तो लगी है। पुरुष भी पक्ष-विपक्ष सँभाल लेते हैं और इतने जोर से गाली तथा चुनौती देते हैं कि लगता है, दो-चार सौ आदमियों को तो ये अभी मार डालेंगे। पर थोड़ी देर में यह 'उष्ण-युद्ध' 'शीत-युद्ध' में बदल जाता है; यानी हर पक्ष अपने पड़ोसी से विपक्षी की निन्दा करता है। मैं नया किराएदार हूँ, अभी केवल दर्शक हूँ। कोशिश बराबर चलने लगी है कि नाटक में हिस्सा भी लूँ।

इन परिवारों से मेरा अब परिचय होने लगा है। दाहिनी ओर मेरे पड़ोसी पांडेजी ने मेरा ध्यान विशेष आकर्षित किया है। पांडे कभी-कभी विनय का अतिरेक कर देता है। कितना झुकता है! वह आबकारी महकमे में किसी पद पर है। यहाँ के निवासियों में ठीक 'फिट' नहीं होता, थोड़े ऊँचे स्तर का है। पत्नी है; चार बच्चे खूब बढ़िया कपड़े पहनते हैं और स्त्री जब बाहर निकलती है, तब स्त्री कम मालूम होती है, चलता-फिरता सर्राफा बाजार अधिक। गहनों से लदी है। उम्र अधिक नहीं है; रूप है; गहने हैं—बड़ी ठसक से चलती है, मानो शेष सात परिवारों की स्त्रियों को पाँवों से रौंदती जाती हो! पतिव्रता ऊँचे दर्जे की है—दिन-भर सड़क पर पांडे की राह देखती रहती है और यदि दफ्तर से लौटने में जरा देर हो जाती है, तो घबरा जाती है—दरवाजे से टिकी चिन्ताकुल पथ निहारती रहती है।

पांडे का किसी से विशेष मेलजोल नहीं है। सबके बीच रहकर भी वह सबसे अलग रहता है। हर छोटी-बड़ी बात में उसका अलगाव और विशेषत्व प्रकट हो जाता है। आज की ही बात है। हमारा मेहतर बीमार है, इसलिए दो दिनों से सफाई करने नहीं आया। उस सिरे पर रहने वाले गौतम बाबू आज एक मेहतर ले आए और हम लोगों ने तय किया कि हर परिवार दो आने उसे दे, तो सफाई कर देगा। सब लोग एकदम तैयार हो गए, पर पांडे ने निर्णय करने के लिए पन्द्रह मिनट लिए। भीतर गया, पति-पत्नी में इस महत्त्वपूर्ण मामले पर चर्चा हुई और तब पांडे ने बाहर आकर अपनी सहमति कुछ इस तरह दी मानो अपने पाखाने की सफाई कराना मंजूर करके वह हम सब पर अहसान कर रहा है। मैं सोचने लगा कि आखिर इस छोटी-सी बात में सलाह-मशविरा करने का क्या था? शायद पति-पत्नी यह विचार कर रहे हों कि इस प्रस्तात्र में पड़ोसियों का क्या प्रयोजन है? कहीं कोई षड्यन्त्र तो नहीं है? सफाई करा लेने से कोई अनिष्ट तो नहीं हो जाएगा? और एकदम मान लेने से अपनी मानहानि तो न होगी?

अजीब आदमी है यह पांडे। आज मुझसे एक सज्जन मिलने आए। उन्होंने बाहर से मुझे पुकारा, तो मुझसे पहले पांडे बाहर आया और लगा पूछने, 'किससे मिलना है? कौन हैं आप? क्या काम है?' आगन्तुक को अच्छा नहीं लगा। किससे मिलना है, यह तो मेरा नाम पुकारने से ही स्पष्ट था, लेकिन उन्हें यह मालूम नहीं था कि पड़ोसी के 'सेंसर' के बिना कोई मुझसे मिल नहीं सकता। वे बिना जवाब दिये मेरे

पास आकर बैठ गए। मैं दीवार के पास ही बैठा था। उधर पांडे दीवार से कान लगाकर हमारी बातें सुनने लगा। बड़ी देर से रोकी हुई घबराहट-भरी साँस के छूटने का शब्द मुझे साफ सुनाई देता है। मेरे पास आनेवालों को वह बड़े शक से देखता है। कभी-कभी उसके चले जाने के बाद वह सहमता हुआ, घबराता हुआ मेरे पास आता है और पूछता है, 'कौन थे ये ? कहाँ रहते हैं ? क्या काम करते हैं ? क्या कह रहे थे ?' उसे मुहल्ले में किसी का आना कतई पसन्द नहीं है।

मुझे यहाँ आए अब काफी दिन हो गए हैं, पर अभी भी पांडे मुझसे चौंकता है। आज मैंने इस बात को स्पष्ट देखा। मैंने सुबह उससे नमस्कार किया, तो वह एकदम घबरा गया। चौंककर जवाब दिया, "अरे, नमस्कार, नमस्कार!"

फिर मैंने सहज ही पूछ लिया, "कहिए, क्या हाल है ?"

वह अब तो और व्याकुल हो गया। उसे लगा कि मुझे उसके किसी भावी अनिष्ट का पूर्वाभास हो गया है और मैं व्यंग्य कर रहा हूँ। बड़ी मुश्किल है मेरी—नमस्कार करता हूँ तो घबरा जाता है और दो-चार दिन नहीं बोलता हूँ, तो भी घबराया हुआ आता है और खोद-खोदकर पूछता है कि मैं उससे क्यों नहीं बोलता। अकेले मुझसे ही नहीं, सभी से वह सशंकित रहता है। मुझसे अधिक इसलिए कि उसे मालूम है, मैं पत्रकार हूँ और मेरा सभी प्रकार के लोगों से सम्बन्ध है।

मुझे क्या लेना-देना है! होगा पांडे, जैसा है। मैं क्यों उसमें इतनी दिलचस्पी लूँ ? ज्यों-ज्यों मेरी बढ़ती दिलचस्पी को वह भाँपता जाता है, त्यों-त्यों उसका भय बढ़ता जाता है। मैंने उसे दफ्तर से आते-जाते देखा है। हाथ में छाता पकड़े, आसपास चौकन्नी दृष्टि डालता हुआ हड़बड़ाता-सा चलता है। बार-बार पीछे देखता है। कोई पीछे से तेजी से आ रहा हो तो मुड़कर देखने लगता है और उसके निकल जाने पर आगे बढ़ता है। ऐसा मालूम होता है कि किसी भी क्षण, किसी भी दिशा से आक्रमण हो जाने का डर है, और वह हमेशा आत्मरक्षा के लिए सतर्क रहता है।

आज मैंने उसे पान दिया। उसने नहीं लिया। बोला, "मैं नहीं खाता।"

सरासर झूठ बोला। उसके रचे हुए होंठ मेरे सामने थे। और मैं हमेशा उसके दोनों गाल बीड़ों से फूले देखता हूँ। वह बाहर पान नहीं खाता। उसे डर है कि पान में कोई कुछ खिला न दे। बच्चों को भी कहीं कुछ खाने नहीं देता।

एक दिन मैंने बच्चों को चॉकलेट दे दी, तो पति-पत्नी ने उन्हें बहुत डाँटा और चॉकलेट फिंकवाई। इन बच्चों की भी क्या बात है! यदि कोई प्यार से उन्हें देखे, तो चीखने लगते हैं—'अम्मा! बाबूजी!'

आज एक पड़ोसी से पांडे-परिवार का झगड़ा हो गया। पांडे की पत्नी बच्चों को शौच के लिए यहीं सामने बिठा देती है। यही रास्ता है। आज गौतम बाबू ने कहा, "पांडेजी, जरा रास्ते से हटाकर बिठाया करो बच्चों को।"

बड़ा गुस्सा आया पति–पत्नी को। उन्हें लगा कि उनका स्वत्व–हरण हो रहा है। बच्चों को ठीक रास्ते पर शौच के लिए बिठाने पर आपत्ति करने से जैसे उनका हक छीना जा रहा हो। बड़ी कटुता से बोला पांडे, "अपने बच्चे सबको प्यारे लगते हैं।"

गौतम जरा तीखे आदमी हैं। कह उठे, "बच्चों से प्यार है कि बच्चों के पाखाने से?"

जवाब नहीं दे पाए तो तुनक गए। लगे दोनों कुढ़ने और बड़बड़ाने, "सब हमसे बैर पाले हैं...हम किसी को फूटी आँख नहीं सुहाते...सब हमसे जलते हैं...सब बड़े दुष्ट हैं..."

कभी–कभी रात के सन्नाटे में मुझे पति–पत्नी की बातें सुनाई पड़ जाती हैं। पत्नी सबकी शिकायत करती है; पांडे सबको गाली देता है। उनकी बातों से निष्कर्ष निकलता है कि दुनिया–भर के लोगों को एक ही काम है—इनका अनिष्ट करना!

आज बड़ा लड़का स्कूल से ठीक पाँच बजे नहीं लौटा। एक मित्र के साथ चला गया था। पर माँ–बाप इस प्रकार की समस्त सम्भावनाओं को लाँघकर एकदम अनिष्ट की आशंका के छोर तक पहुँच गए। मुझसे पांडे कहने लगा, "मेरे बड़े भाई से मेरी अनबन हो गई है। उनके दोस्त का लड़का उस स्कूल में मास्टर है। कहीं उसी ने तो लड़के को कुछ नहीं कर दिया। मैं तो पहले ही उसे वहाँ भर्ती कराने में डर रहा था।"

थोड़ी देर बाद लड़का हँसता–खेलता आ गया।

पांडे ने मिठाई बाँटी।

एक और हरकत मैंने देखी। जितनी देर घर में रहता है, हर दस–पन्द्रह मिनट में दरवाजे से केवल गर्दन बाहर निकालकर चारों ओर देखता है। सड़क पर चलता आदमी अगर सहज ही पीछे मुड़कर देख ले तो एक झटके में कछुए की तरह अंग समेट लेता है, और झरोखे में से उसे ताकता रहता है। उसने घूमकर देखा तो क्यों देखा? जरूर कोई बात है। रात को किसी की पदचाप सुनाई पड़ती है तो कुत्ता पीछे भौंकता है, पांडे पहले चिलमिलाता है—'कौन है?' आशंका के कारण उसे नींद भी गहरी नहीं आती। आसमान को देखता होगा, तो डरता होगा कि किसी दिन यह सिर पर न गिर पड़े। शायद रात को उठकर मकान की छत भी देखता हो कि कहीं गिर तो नहीं रही!

पड़ोसी कहते हैं कि इस पांडे के घर में छत तक सामान भरा है। वेतन कुल डेढ़ सौ है और रहता रईस की तरह है। तीन लड़के एंग्लो–इंडियन स्कूल में पढ़ते हैं, उनकी फीस ही पचास रुपया होती है। औरत के जेवर बनते ही जाते हैं। पड़ोसी तो ऐसी बातें कहते ही हैं। मुझे तो पांडे पर दया आती है। हमेशा चिन्तित और अशान्त रहता है। हर आदमी से भय खाता है। यही संस्कार बच्चे ले रहे हैं।

किस आशंका से घबराया रहता है? हर आदमी से डर क्यों लगता है? किसी से घुल-मिल क्यों नहीं पाता है? किसी पर इसका विश्वास क्यों नहीं है? हमेशा अनिष्ट ही क्यों सोचता रहता है? यह इतना छुई-मुई क्यों है?

कोई कारण समझ में नहीं आता।

सुबह बड़ा व्यस्त और घबराया रहता है। उसके घर व्यापारी आते हैं। कोई-कोई लाला कपड़े में बहीखाता बाँधकर बगल में दबाए आते हैं। पांडे आसपास देखकर झट व्यापारी को भीतर कर लेता है। फिर भीतर बड़ी देर तक कानाफूसी होती रहती है।

चमचे की दिल्ली-यात्रा

चमचा यानी 'स्टूज'। हर बड़े आदमी का—कम-से-कम एक होता है। जिनकी हैसियत अच्छी है, वे एक से ज्यादा चमचे रखते हैं। सारे फरिश्ते भगवान के चमचे हैं। शैतान ने भगवान का चमचा बनने से इनकार किया तो उसे स्वर्ग से निकाल दिया गया, जैसे गैर-चमचे को चुनाव-टिकट नहीं दिया जाता।

एन्थनी ईडन चर्चिल के चमचे थे। बॉसवेल डॉ. जॉनसन का चमचा था। राष्ट्रपति लिंडन जॉनसन का चमचा जेंकिन्स था, जो चुनाव के कुछ दिन पहले यौन-अपराध में पकड़ा गया था। गांधीजी तक के चमचे थे।

सबसे ज्यादा चमचे राजनीति के क्षेत्र के नेताओं के होते हैं। इतिहास साक्षी है कि दुनिया में जितनी उथल-पुथल हुई है, वह महापुरुषों के कारण नहीं बल्कि उनके चमचों के कारण हुई है। जब भी चमचे ने अपनी अक्ल से कुछ किया है, तभी

उपद्रव हुए हैं। इसलिए हर बड़ा आदमी विश्वहित में इस बात की सावधानी बरतता है कि उसका चमचा कभी भी अपनी अक्ल का उपयोग न करे।

मेरा अन्दाज है, इस समय देश में राजनीति के क्षेत्र में लगभग पाँच हजार चमचे काम कर रहे हैं। ये प्रधान चमचे हैं। फिर इनके स्थानीय स्तर के उपचमचे और अतिरिक्त चमचे होते हैं। ये सब हीनता, मुफ्तखोरी, लाभ और कुछ वफादारी की डोर से अपने नेता से बँधे रहते हैं। इनमें गजब की अनुशासन–भावना होती है। अगर किसी उपचमचे को जनपद की सीट का टिकट चाहिए तो वह सीधा नेता के पास नहीं जाएगा। वह प्रधान चमचे से कहेगा और प्रधान चमचा नेता से बात करके उसका काम कराएगा। इस तरह नेता का दुनिया से सम्पर्क सिर्फ चमचे के मार्फत होता है और कुछ दिनों में उसको यह विश्वास हो जाता है कि इस विशाल दुनिया में मेरे चमचों के सिवा कोई और नहीं रहता। अपनी दुनिया को इस तरह छोटा करके जीने का सुख नेता कुछ साल भोगता है और फिर उसी नाव पर इस सुख का बोझ इतना हो जाता है कि नाव नेता को लेकर डूब जाती है। चमचे तैरकर किनारे लग जाते हैं और दूसरे नेता के चमचे हो जाते हैं। उसके डूबने तक वे उस नेता के चमचे बने रहते हैं। नेता मरता रहता है; चमचे अमर होते हैं। चमचा ज्यों–ज्यों परिपक्व होता जाता है, त्यों–त्यों नेता बनता जाता है। उसके अपने उपचमचे तरक्की पाकर चमचे हो जाते हैं और उसकी नाव डुबाकर खुद किनारे लग जाते हैं। कुछ चमचे जीवन–भर सिर्फ चमचा बने रहने का व्रत पालते हैं और पच्चीसों नेताओं को डुबाने का पुण्य प्राप्त करते हैं।

चमचा बनना आसान नहीं है। एक अच्छे चमचे का निर्माण कई सालों में होता है। भारतीय प्रजातन्त्र का यह सौभाग्य है कि यहाँ स्वतन्त्रता के बाद बहुत जल्दी काफी संख्या में चमचे बन गए। इसका कारण यह है कि चमचों का निर्माण स्वतन्त्रता संग्राम के जमाने में ही शुरू हो गया था। उस दौर में नेता लोग भावी चमचों को जेल भेजने की कोशिश करते थे। आन्दोलन में जब ऐसा लगता कि इस बार सरकार सख्ती कम करेगी, जेल कम दिनों की होगी और वहाँ आराम भी रहेगा, तब हर नेता अपने ज्यादा–से–ज्यादा चमचों को जेल भेजने की कोशिश करता था। तब जेल जाने के लिए वैसी ही होड़ होती थी जैसी अब चुनाव–टिकट के लिए होती है। जब भारत स्वतन्त्र हुआ और प्रजातन्त्र आया तो हर नेता को अपने शिक्षित और अर्द्धनिर्मित चमचे मिल गए। इससे भारतीय प्रजातन्त्र में एकदम स्थायित्व आ गया। एशिया और अफ्रीका के नए स्वतन्त्र जिन देशों में आजादी की लड़ाई के दौर में चमचों का निर्माण इस तरह नहीं हुआ था, वहाँ प्रजातन्त्र नहीं टिक सका। चाहे साम्राज्यवाद हो, चाहे प्रजातन्त्र—दोनों चमचों की बुनियाद पर खड़े रहते हैं।

चमचा बड़ी तरकीब से यह बात फैलाता है कि नेता का वह विश्वासपात्र है, उनका आत्मीय है और वे उसकी बात कभी नहीं टालते। वह उनके साथ जगह–जगह दिखता है। उनका बस्ता रखे रहता है। ठीक पीछे मुस्कुराता खड़ा रहता है। नेता

के गले में माला पड़ती है तो चमचा गद्‌गद होता है। नेता आगे बढ़ता है तो चमचा रास्ता बनाता जाता है। वह सफर में उनके साथ होता है। मंच पर पीछे बैठा मुग्ध होता रहता है। ड्राइंग-रूम में बैठा दिखता है और रसोईघर में भी घुस जाता है। लोग उसे देखते हैं और लाभ उठाने वाले समझ जाते हैं कि इसी की मार्फत काम हो सकता है। चमचे की कीमत समाज में बढ़ जाती है। उसे लोग चाय पिलाते हैं, पान खिलाते हैं और वह 'भैया साब' के गुण-गान करता है। यह कहना नहीं भूलता कि भैया साब मुझसे पूछे बिना कुछ नहीं करते।

किसी क्षेत्र के लिए वह ऐतिहासिक क्षण होता है, जब चमचा कहता है—'राजधानी जाना है। भैया साब ने बुलाया है।'

सारे इलाके में हलचल मच जाती है। दो-चार दुकानों पर बैठकर और दो-चार जगह चाय पीकर चमचा प्रचार कर देगा कि भैया साब का काम उसके बिना नहीं चल सकता। इतना करके वह एक-दो दिन घर बैठ जाता है। उसके पास काम कराने वाले आने लगते हैं :

"कब जा रहे हो दिल्ली?"

"बस, आज या कल। चला तो कल ही जाता, पर आज एक मीटिंग थी।"

"तो भैया, इस बार किसी तरह हमारा काम हो ही जाए। देखो, बहुत दिन हो गए।"

"हाँ-हाँ, इस बार हो ही जाएगा। वह तो पिछली बार ही हो जाता, पर सेक्रेटरी बाहर था। इस बार तो भैया साब मिनिस्टर का हाथ पकड़कर करवा देंगे।"

उपचमचे अपने काम में जुट जाते हैं और लोगों को चमचे के पास लाते जाते हैं। चमचा सबको विश्वास दिलाता है कि अगर यह सही है कि पृथ्वी घूम रही है तो वह निश्चित ही अपने भैया साब के आसपास घूम रही है।

फिर वह सहज ही कह देता है, "राजधानी में रहने-खाने का तो सुभीता है। भैया साब के घर हो जाता है। पर साले दफ्तर बड़ी दूर-दूर हैं। टैक्सी में बहुत पैसा लग जाता है।"

इस इशारे को काम कराने वाले समझ जाते हैं और उसे कुछ रुपए टैक्सी के लिए दे देते हैं।

चमचा बहुत-से काम ले लेता है—किसी का परमिट लाना है, किसी को नगरपालिका में भेजना है, किसी पर से मुकदमा उठवाना है, किसी के हर्जाने का मामला तय करना है, किसी का चुनाव-टिकट पक्का करना है। भैया साब के लिए वह विरोधी गुट की कुछ कमजोरियाँ, कुछ षड्यन्त्र और फूट की कथाएँ रख लेता है। इस तरह लैस होकर चमचा रेलगाड़ी में बैठ जाता है।

भैया साब के घर में चमचा बड़े हल्ले के साथ पाँव पटकते हुए घुसता है। इसका कारण यह है कि वह जानता है, इस घर में मेरे आने का हक कोई नहीं मानता। आम चमचों से नेता के घर के लोग और नौकर नफरत करते हैं। वह चमचा

हजारों में एक होता है जिसे नेता भी चाहे, उनका परिवार भी और नौकर भी। चमचा इस बात को जानता है, इसलिए अपने मन को मजबूत करने के लिए और सबको यह बताने के लिए कि यहाँ मैं घर का आदमी समझा जाता हूँ, पाँव पटककर घर में घुसता है। नौकर मुँह फेरकर हँसता है और फिर नाराजी से उसे देखता है। नेता की पत्नी कहती है, 'लो, वह फिर आ गया!'

चमचा जबरदस्ती अपने को घर में जमा लेता है। नेता ने उसे बुलाया नहीं है, पर वह आ गया है, तो उन्हें एतराज भी नहीं।

अब चमचा अपना काम शुरू कर देता है। वह बातें करता जाता है। कभी नेता उसकी तरफ देख लेते हैं, कभी कोई सवाल कर देते हैं। मगर वे लगभग मौन सुनते जाते हैं। वे बैठक में हैं तो चमचा वहाँ बात कर रहा है। वे बरामदे में आ गए तो चमचा बरामदे में आकर बात करने लगा। वे बाथरूम में गए तो चमचा बाहर खड़ा-खड़ा बोल रहा है। पाखाने से तो वे संस्कारों के कारण नहीं बोलते पर नहाते हुए उसकी बात पर कभी 'हूँ' कह देते हैं। नेता सिर पर कंघी कर रहे हैं और चमचा पीछे खड़ा-खड़ा बोल रहा है!

'गुप्ता गुट के लोग सिन्धियों पर डोरे डाल रहे थे। मैंने कहा—देखो रे, सिन्धियो, अभी तुम्हारे बहुत-से 'क्लेम' बकाया हैं। जरा सोच-समझकर। बस, उस दिन से गुप्ता गुट की दाल नहीं गली।

'भैया साब, इस बार हिरमानी को म्युनिसिपैलिटी में भेज दीजिए न! पक्का अपना आदमी है।

'जैन लोग उस दिन मिले थे। मैंने कहा—भैया साब ने कह दिया है तो पत्थर की लकीर समझो।

'साबूराम के लाइसेंस का मामला अभी लटक रहा है, भैया साब। वह पीछे पड़ रहा है।

'इस बार पी.सी.सी. में बड़ा तूफान उठेगा। रामसिंह की 'इन्क्वारी' का मामला है न, पर सुना है, ठाकुरों में फूट पड़ गई है। आधे अपना साथ देंगे।

'कलेक्टर आजकल गुप्ता गुट की बड़ी चिरौरी करता है। इसका तबादला होना चाहिए। वे लोग 'लेच्छी' को लेकर आपको बदनाम करने की कोशिश कर रहे हैं।

'आजकल मिसराजी की बैठक डॉक्टर साहब के यहाँ बढ़ गई है। मैंने डॉक्टर साहब को टटोलने की कोशिश की थी। मुझे तो शक है भैया साब, कहीं उधर न चला जाए। उस इलाके में आपका एक बार आना बहुत जरूरी है।'

चमचा इस तरह बोलता ही जाएगा। नेता सुनते रहेंगे और काम करते रहेंगे।

नौकर ने चाय लाकर रखी तो चमचे को फौरन एक बात सूझ गई। उसने नौकर को पुकारा, ''क्यों रे देवी, यह क्या चाय ले आया! तुझे मालूम नहीं है कि भैया साब 'स्ट्रांग' चाय पीते हैं? ले जा इसे। दूसरी ला।''

भैया साब 'स्ट्रांग चाय नहीं पीते। वे एक घूँट पी भी लेते हैं। कहते हैं, ''ठीक है, रहने दो।''

चमचा कहता है, ''नहीं, रहने दीजिए। इसे ले जा, देवीसिंह।''

नौकर आकर खड़ा है। दुविधा में है कि कप उठाऊँ या नहीं।

इतने में नेता के 'नहीं-नहीं' कहने पर भी चमचा कप उठाकर नौकर को दे देता है, ''तेरे अकल नहीं है। अच्छी चाय बनाकर ला।''

चमचे के 'ओवर एक्टिंग' से सब स्तब्ध हैं—नेता की पत्नी, बच्चे और नौकर। भैया साब सिर नीचा करके बरदाश्त कर लेते हैं। चमचा पालना बड़े धैर्य का काम है।

तीन-चार दिन वहाँ रहकर चमचा नेता से रेल-किराया लेकर गाड़ी में बैठ जाता है। उसकी जेब में सभी के लिए आशा और आश्वासन भरे होते हैं।

देश-भक्ति की पॉलिश

मेरा एक दोस्त विदेश में है। भारत-पाकिस्तान लड़ाई के दिनों में मुझे उसका एक पत्र मिला। लिखा था : 'पिछली रात मुझे सपने में भारत माता ने दर्शन दिए। मैंने कहा—माँ, तुम्हारी जय हो रही है। हमलावर को मारकर भगाया जा रहा है। तुम्हारे पैंतालिस करोड़ बेटे तुम्हारी विजय के लिए सर्वस्व बलिदान करने को तैयार हैं। —भारत माता ने कहा—तुम्हें अपने देश की सही जानकारी नहीं है। मेरी विजय उन पैंतालिस करोड़ के कारण नहीं हो रही है। कुछ खास लोग हैं, जिनके त्याग-पुण्य से मैं जीत रही हूँ।—मैंने कहा—माँ, वे कौन लोग हैं ?—उन्होंने कहा—वे हर शहर में हैं।—मैंने डरते-डरते पूछा—मेरे शहर में कोई है ?—भारत माता ने कहा—हाँ, तुम्हारे शहर में भी फर्म कुन्दनलाल सम्पतलाल के मालिक कंचन बाबू हैं।—दोस्त, इतना कहकर भारत माता तो चली गईं और मैं सुबह तक सोचता रहा कि अपने कंचन बाबू देश के लिए ऐसा क्या कर रहे हैं कि उनका नाम भारत माता की जबान पर आ गया है ? मुझे बड़ी उत्सुकता है। तुम मुझे फौरन उनके बारे में पता लगाकर लिखो।'

कंचन बाबू मशहूर आदमी हैं। चौक में उनकी दुकान है। वह अब रॉटरी क्लब और लॉयंस क्लब के सदस्य भी हो गए हैं। पिछले कुछ दिनों से मैं उनका नाम ज्यादा सुनने लगा था। मगर मेरे लिए भी यह आश्चर्य की बात थी कि उनका नाम भारत माता विदेश में लेती हैं।

मैं सुबह उनसे मुलाकात करने चला। चौक के इस तरफ के चौराहे पर भीड़ दिखी। कंचन बाबू का नाम भी सुन पड़ा। झाँककर देखा कि कंचन बाबू जूतों पर पॉलिश कर रहे हैं। पास ही एक तख्ती रखी है जिस पर लिखा है—'देश-रक्षा के लिए पॉलिश कराइए। पॉलिश की सारी आमदनी राष्ट्रीय सुरक्षा कोष में जाएगी।' पॉलिश करते हुए कंचन बाबू अच्छे लग रहे थे। वह दुकान पर इतने अच्छे नहीं लगते थे, जितने यहाँ। हो सकता है, देश-प्रेम की भावना उन्हें तेज दे रही हो! यह भी हो सकता है कि उन्होंने सही धन्धा अब पाया हो!

वहाँ बात करने का मौका नहीं था। वह बहुत व्यस्त थे। ऐसा लगता था, जैसे भारतीय फौज मोर्चे पर खड़ी इन्तजार कर रही है कि कब कंचन बाबू पॉलिश करके तेरह पैसे उसे भेजें और वह उसकी गोली खरीदकर दुश्मन पर दागे। लगता था, वह सारी भारतीय फौज का खर्च पूरा कर रहे हैं और सिर्फ उनका खयाल करके फौज लड़ रही है। मैं डरा कि इस वक्त इन्हें छेड़ने से कहीं अपनी फौज का गोला-बारूद कम न पड़ जाए।

मैं शाम को उनके घर गया। मैंने कहा, "कंचन बाबू, आपका नाम भारत माता विदेश में ले रही हैं।"

"तुमसे किसने कहा? क्या भारत माता से तुम्हारा भी कोई सम्बन्ध है?"

"नहीं, कंचन बाबू, मैंने तो उनकी सिर्फ जय बोली है। मगर आपके प्रति उनकी विशेष ममता है। विदेश में मेरे एक दोस्त को उन्होंने सपने में बताया कि जिन कुछ लोगों के त्याग और पुण्य से उनकी जीत हो रही है, उनमें आप भी हैं।"

कंचन बाबू सकुचा गए। बोले, "अरे भई, यह तो उनकी कृपा है, मुझ क्षुद्र का नाम याद रखती हैं। इधर ये इनकम टैक्स वाले हैं कि हर बार उन्हें खुश रखता हूँ और वे हर बार भूल जाते हैं। पता नहीं, भारत माता इनकम टैक्स का महकमा बन्द क्यों नहीं कर देतीं!"

मैंने कहा, "आपसे वह खुश हैं। उनसे कहिए न!"

वह बोले, "हाँ, मुझे मिलें, तो मैं उनसे कहूँ कि माता, तुम्हारे इतने महकमे चलते हैं, इस एक को बन्द ही करा दीजिए न! नए इनकम टैक्स अफसर को तो उनसे कहकर बरखास्त करा दूँगा।"

मैंने कहा, "कंचन बाबू, आपने देश-सेवा का यह तरीका क्यों अपनाया—यही पॉलिश वाला?"

वह बोले, "देश की पुकार मेरी आत्मा में गूँज उठी और मैंने प्रण किया कि मातृभूमि के लिए मैं पॉलिश करूँगा। मैं हफ्ते में दो दिन दो घंटे पॉलिश करता हूँ

और सारी आमदनी सुरक्षा कोष में दे देता हूँ। मैं यह सिलसिला जारी रखूँगा। एक बार जो चीज उठा ली, उसे मैं जल्दी नहीं छोड़ता। एक बार वनस्पति घी की एजेंसी ले ली, तो अभी तक चल रही है।''

मैं उनकी तरफ देख रहा था। वह नजर बचा रहे थे। बचाते-बचाते भी नजर मिल गई तो मैं हँस पड़ा। वह भी हँस दिये। बोले, ''तुम्हें भरोसा नहीं हुआ। अच्छा, सच बताऊँ?''

''हाँ, बिलकुल सच।''

''तो सुनो। यार, ये तुम्हारे चन्दे वाले बहुत तंग करते थे।''

''कौन चन्दे वाले?''

''अरे, यही राष्ट्रीय सुरक्षा कोष वाले। यों तो हम चन्देवालों के मारे हमेशा परेशान रहते हैं, रोज ही कोई चन्दा लगा रहता है—कभी गणेशोत्सव है, तो कभी दुर्गोत्सव; कभी विधवाश्रम वाले आ जाते हैं, तो कभी अनाथालय वाले। अब ये राष्ट्रीय सुरक्षा कोष वाले आने लगे हैं।''

''मगर कंचन बाबू, अनाथालय का चन्दा और राष्ट्रीय सुरक्षा कोष क्या एक-से हैं?''

''भई, अपने लिए तो एक ही हैं। चन्दा चन्दा सब एक। मुझे तो ऐसा लगता है कि एक बड़ा अनाथालय है। अनाथालय के लड़के बैंड बजाकर चन्दा माँगते हैं और ये देश वाले नारे लगाकर। वे अनाथों की परवरिश के लिए माँगते हैं और ये देश की परवरिश के लिए। अच्छा, फिर दूसरों को तो रुपया-दो रुपया देकर टाला जा सकता है, पर ये देश-रक्षा वाले तो बहुत मुँह फाड़ते हैं। कहते हैं—'दो हजार दीजिए, तीन हजार दीजिए'।''

उन्होंने मेरी तरफ देखा। मैं चुप रहा। उन्हें अब प्रश्न की जरूरत नहीं थी। वे समझाने लगे, ''तो मैंने उन लोगों से कहा कि 'भैया, देश की रक्षा करना है, तो यह तो मैंने माना, पर जरा किफायत से करो न! देश-रक्षा क्या किफायत में नहीं हो सकती? ज्यादा खर्च होता हो तो कह दो कि भाई, इस भाव में हमको पूरा नहीं पड़ता।' वे क्या जवाब देते हैं। कहते हैं—'कंचन बाबू, देश-रक्षा में किफायत नहीं देखी जाती। देश-प्रेम कोई धन्धा नहीं है!' अच्छा भई, ठीक है। जैसे-तैसे ये गए, तो दूसरे आ गए। कहने लगे—'मजदूर भी महीने में एक दिन का वेतन सुरक्षा-कोष में दे रहे हैं। आप भी महीने में एक दिन की आमदनी दीजिए।' मैंने कहा—'देशभक्तो, मैं अगर मजदूरों सरीखा करने लगूँगा, तो मैं भी किसी दिन मजदूर हो जाऊँगा।' वे टले, तो तीसरा गिरोह आ गया। ये जरा तेज लोग थे। रिकॉर्ड वगैरह देखकर आए थे। आते ही उन्होंने गोली दाग दी—'कंचन बाबू, दूसरे महायुद्ध में आपकी दुकान से अंग्रेज सरकार को दस हजार रुपए वार-फंड में दिये गए थे। जब आपने ब्रिटिश साम्राज्य की रक्षा के लिए इतना दिया, तो अपने देश की रक्षा के लिए

पाँच हजार तो दीजिए।' देखो, कैसी पकड़ की है! दूसरा होता, तो चित हो जाता। पर मैं कंचन कुमार हूँ। मैंने जवाब दिया—'देखो भाई, लड़ाई कमाने का मौका है, गँवाने का नहीं। दूसरे महायुद्ध में हमारे पिताजी बन गए थे। दस लाख कमाया तो दस हजार दे भी दिया। लो साहब, और एकाध साल लड़ाई चलाओ। अब अठारह साल में यह एक ढंग की लड़ाई छिड़ी है। पर आठ दिन भी नहीं हुए कि आप माँगने आ गए! और तुम्हारे देश की लड़ाई से कुछ कमा लें, तो तुम्हें भी दे देंगे।' ''

वह रुके तो मैंने कहा, ''मैं यह जानना चाहता हूँ कि यह पॉलिश करने की बात आपको कैसे सूझी ?''

उन्होंने कहा, ''वही बता रहा हूँ। तो मैं इन चन्देवालों से परेशान था। इसी बीच मेरा लड़का आया। वह लखनऊ विश्वविद्यालय में पढ़ता है। उसने कहा कि 'मुझे भी हॉस्टल के लड़के बहुत तंग करते थे। कहते हैं कि तुम जेब-खर्च में से बचाकर आधा राष्ट्रीय सुरक्षा कोष में दो। मैंने सोचा, आधा जेब-खर्चा इन्हें दे दूँ, तो जिन्दगी का मजा ही किरकिरा हो जाएगा। एक रात मुझे तरकीब सूझ गई। दूसरे दिन इतवार था। मैं पॉलिश का सामान लेकर होस्टल के सामने बैठ गया और घोषणा कर दी कि मैं हर इतवार को जूतों पर पॉलिश करके सुरक्षा-कोष के लिए पैसा इकट्ठा करूँगा। बस, फिर क्या था! पैसा भी बचा और लड़के जय भी बोलने लगे।' यार, तुम्हारी यह नई पीढ़ी है तेज। कैसे क्रान्तिकारी विचार आते हैं इसके दिमाग में! हम लोगों का नेतृत्व यही क्रान्तिकारी पीढ़ी करेगी। बस, मैंने लड़के को गुरु माना और यह पॉलिश वाला काम शुरू कर दिया। लोग मेरी बड़ी तारीफ करते हैं। कहते हैं—'देखो, इतना बड़ा आदमी होकर देश के लिए पॉलिश कर रहा है!' मैंने लोगों के दृष्टिकोण में ही क्रान्ति कर दी है।''

मैंने पूछा, ''और राष्ट्रीय सुरक्षा कोष वाले ?''

उन्होंने कहा, ''वे मुझसे अब चन्दा नहीं माँगते हैं। जो मुझे देशद्रोही कहने लगे थे, वे अब मेरी फोटो खींचते हैं। अब तो मैं उनके मुर्दाबाद के नारे लगवा सकता हूँ।''

मैंने यह सारा हाल लिखकर अपने प्रवासी मित्र को भेज दिया है। साथ ही यह भी लिख दिया—'दोस्त, अगर दुबारा भारतमाता तुम्हारे सपने में आएँ, तो जरा ध्यान से देखना। बात यह है कि इधर दुश्मन के घुसपैठिये स्त्री का वेश धारण कर घुस आते हैं। मुझे शक है, वे सपने में भी घुसने लगे हैं।'

एक गोभक्त से भेंट

एक शाम रेलवे स्टेशन पर एक स्वामीजी के दर्शन हो गए। ऊँचे, गोरे और तगड़े साधु थे। चेहरा लाल। गेरुए रेशमी कपड़े पहने थे। पाँवों में खड़ाऊँ। हाथ में सुनहरी मूठ की छड़ी। साथ एक छोटे साइज का किशोर संन्यासी था। उसके हाथ में ट्रांजिस्टर था और वह गुरु को रफी के गाने सुनवा रहा था।

मैंने पूछा, "स्वामीजी, कहाँ जाना हो रहा है?"

स्वामीजी बोले, "दिल्ली जा रहे हैं, बच्चा!"

मैंने कहा, "स्वामीजी, मेरी काफी उम्र है। आप मुझे 'बच्चा' क्यों कहते हैं?"

स्वामीजी हँसे। बोले, "बच्चा, तुम संसारी लोग होटल में साठ साल के बूढ़े बैरे को 'छोकरा' कहते हो न! उसी तरह हम तुम संसारियों को 'बच्चा' कहते हैं। यह विश्व एक विशाल भोजनालय है जिसमें हम खाने वाले हैं और तुम परोसने वाले हो। इसीलिए हम तुम्हें 'बच्चा' कहते हैं। बुरा मत मानो। सम्बोधन मात्र है।"

स्वामीजी बात से दिलचस्प लगे। मैं उनके पास बैठ गया। वे भी बेंच पर पालथी मारकर बैठ गए। सेवक को गाना बन्द करने के लिए कहा।

कहने लगे, "बच्चा, धर्मयुद्ध छिड़ गया है। गोरखा-आन्दोलन तीव्र हो गया है। दिल्ली में संसद के सामने सत्याग्रह करेंगे।"

मैंने कहा, "स्वामीजी, यह आन्दोलन किस हेतु चलाया जा रहा है?"

स्वामीजी ने कहा, "तुम अज्ञानी मालूम होते हो, बच्चा! अरे, गौ की रक्षा करना है। गौ हमारी माता है। उसका वध हो रहा है।"

मैंने पूछा, "वध कौन कर रहा है?"

वे बोले, "विधर्मी कसाई।"

मैंने कहा, "उन्हें वध के लिए गौ कौन बेचते हैं? वे आपके सधर्मी गोभक्त ही हैं न?"

स्वामीजी ने कहा, "सो तो हैं। पर वे क्या करें? एक तो गाय व्यर्थ खाती है; दूसरे, बेचने से पैसे मिल जाते हैं।"

मैंने कहा, "यानी पैसे के लिए माता का जो वध करा दे, वही सच्चा गो-पूजक हुआ?"

स्वामीजी मेरी तरफ देखने लगे। बोले, "तर्क तो अच्छा कर लेते हो, बच्चा। पर यह तर्क की नहीं, भावना की बात है। इस समय जो हजारों गोभक्त आन्दोलन कर रहे हैं, उनमें शायद ही कोई गौ पालता हो, पर आन्दोलन कर रहे हैं। यह भावना की बात है।"

स्वामीजी से बातचीत का रास्ता खुल चुका था। उनसे जमकर बातें हुईं, जिसमें तत्त्व का मंथन हुआ। जो तत्त्व-प्रेमी हैं, उनके लाभार्थ वार्तालाप आगे दे रहा हूँ।

स्वामी और 'बच्चा' की बातचीत

"स्वामीजी, आप तो गाय का दूध ही पीते होंगे?"

"नहीं बच्चा, हम भैंस के दूध का सेवन करते हैं। गाय कम दूध देती है और वह पतला होता है। भैंस के दूध की बढ़िया गाढ़ी मलाई और रबड़ी बनती है।"

"तो क्या सभी गोभक्त भैंस का दूध पीते हैं?"

"हाँ, बच्चा, लगभग सभी।"

"तब तो भैंस की रक्षा हेतु आन्दोलन करना चाहिए। भैंस का दूध पीते हैं, मगर माता गौ को कहते हैं। जिसका दूध पिया जाता है, वही तो माता कहलाएगी!"

"यानी भैंस को हम माता...नहीं बच्चा, तर्क ठीक है, पर भावना दूसरी है।"

"स्वमीजी, हर चुनाव के पहले गोभक्ति क्यों जोर पकड़ती है? इस मौसम में कोई खास बात है क्या?"

''बच्चा, जब चुनाव आता है, तब हमारे नेताओं को गोमाता सपने में दर्शन देती है। कहती है—बेटो, चुनाव आ रहा है। अब मेरी रक्षा का आन्दोलन करो। देश की जनता अभी मूर्ख है। मेरी रक्षा का आन्दोलन करके वोट ले लो। बच्चा, कुछ राजनीतिक दलों को गोमाता वोट दिलाती है, जैसे एक दल को बैल वोट दिलाते हैं। तो ये नेता एकदम आन्दोलन छेड़ देते हैं और हम साधुओं को उसमें शामिल कर लेते हैं। हमें भी राजनीति में मजा आता है। बच्चा, तुम हमसे ही पूछ रहे हो। तुम भी तो कुछ बताओ। तुम कहाँ जा रहे हो ?''

''स्वामीजी, मैं 'मनुष्य-रक्षा आन्दोलन' में जा रहा हूँ।''

''यह क्या होता है, बच्चा ?''

''स्वामीजी, जैसे गाय के बारे में मैं अज्ञानी हूँ, वैसे ही मनुष्य के बारे में आप हैं।''

''पर मनुष्य को कौन मार रहा है ?''

''इस देश के मनुष्य को सूखा मार रहा है, अकाल मार रहा है, महँगाई मार रही है। मनुष्य को मुनाफाखोर मार रहा है, कालाबाजारी मार रही है। भ्रष्ट शासन-तन्त्र मार रहा है। सरकार भी पुलिस की गोली से चाहे जहाँ मनुष्य को मार रही है। बिहार के लोग भूखे मर रहे हैं।''

''बिहार ? बिहार शहर कहाँ है ? बच्चा ?''

''बिहार एक प्रदेश है, राज्य है।''

''अपने जम्बूद्वीप में है न ?''

''स्वामीजी, इसी देश में है, भारत में।''

''यानी आर्यावर्त में ?''

''जी हाँ, ऐसा ही समझ लीजिए। स्वामीजी, आप भी मनुष्य-रक्षा आन्दोलन में शामिल हो जाइए न!''

''नहीं बच्चा, हम धर्मात्मा आदमी हैं। हमसे यह नहीं होगा। एक तो मनुष्य हमारी दृष्टि में बहुत तुच्छ है। वे लोग ही तो हैं, जो कहते हैं कि मन्दिरों और मठों में लगी जायदाद को सरकार ले ले। बच्चा, तुम मनुष्य को मरने दो। गौ की रक्षा करो। कोई भी जीवधारी मनुष्य से श्रेष्ठ है। तुम देख नहीं रहे हो, गोरक्षा के जुलूस में जब झगड़ा होता है, तब मनुष्य ही मारे जाते हैं। एक बात और है, बच्चा! तुम्हारी बात से प्रतीत होता है कि मनुष्य-रक्षा के लिए मुनाफाखोर और कालाबाजारिये से बुराई लेनी पड़ेगी। यह हमसे नहीं होगा। यही लोग तो गोरक्षा आन्दोलन के लिए धन देते हैं। हमारा मुँह धर्म ने बन्द कर दिया है।''

''खैर, छोड़िए मनुष्य को। गोरक्षा के बारे में मेरी ज्ञान-वृद्धि कीजिए। एक बात बताइए। मान लीजिए, आपके बरामदे में गेहूँ सूख रहे हैं। तभी एक गोमाता आकर गेहूँ खाने लगती है। आप क्या करेंगे ?''

"बच्चा, हम उसे डंडा मारकर भगा देंगे।"

"पर स्वामीजी, वह गोमाता है न! पूज्य है। बेटे के गेहूँ खाने आई है। आप हाथ जोड़कर स्वागत क्यों नहीं करते कि आ माता, मैं कृतार्थ हो गया। सब गेहूँ खा जा!"

"बच्चा, तुम हमें मूर्ख समझते हो?"

"नहीं, मैं आपको गोभक्त समझता था।"

"सो तो हम हैं, पर इतने मूर्ख भी नहीं हैं कि गाय को गेहूँ खा जाने दें।"

"पर स्वामीजी, यह कैसी पूजा है कि गाय हड्डी का ढाँचा लिये हुए मुहल्ले में कागज और कपड़े खाती फिरती है और जगह-जगह पिटती है!"

"बच्चा, यह कोई अचरज की बात नहीं है। हमारे यहाँ जिसकी पूजा की जाती है, उसकी दुर्दशा कर डालते हैं। यही सच्ची पूजा है। नारी को भी हमने पूज्य माना और उसकी जैसी दुर्दशा की, सो तुम जानते ही हो!"

"स्वामीजी, दूसरे देशों में लोग गाय की पूजा नहीं करते, पर उसे अच्छी तरह रखते हैं और वह खूब दूध देती है।"

"बच्चा, दूसरे देशों की बात छोड़ो। हम उनसे बहुत ऊँचे हैं। देवता इसीलिए सिर्फ हमारे यहाँ अवतार लेते हैं। दूसरे देशों में गाय दूध के उपयोग के लिए होती है; हमारे यहाँ वह दंगा करने और आन्दोलन करने के लिए होती है। हमारी गाय और गायों से भिन्न है।"

"स्वामीजी, और सब समस्याएँ छोड़कर आप लोग इसी एक काम में क्यों लग गए हैं?"

"इसी से सब हो जाएगा, बच्चा! अगर गोरक्षा का कानून बन जाए, तो यह देश अपने-आप समृद्ध हो जाएगा। फिर बादल समय पर पानी बरसाएँगे, भूमि खूब अन्न देगी और कारखाने बिना चले भी उत्पादन करेंगे। धर्म का प्रताप तुम नहीं जानते। अभी जो देश की दुर्दशा है, वह गौ के अनादर के कारण है।"

"स्वामीजी, पश्चिम के देश गौ की पूजा नहीं करते, फिर भी समृद्ध हैं।"

"उनका भगवान दूसरा है, बच्चा! उनका भगवान इस बात का खयाल नहीं करता।"

"और रूस जैसे समाजवादी देश भी गाय को नहीं पूजते, पर समृद्ध हैं।"

"उनका तो भगवान ही नहीं है, बच्चा! उन्हें दोष नहीं लगता।"

'यानी भगवान रखना भी एक झंझट ही है। वह हर बात पर दंड देने लगता है।"

"तर्क ठीक है, बच्चा, पर भावना गलत है।"

"स्वामीजी, जहाँ तक मैं जानता हूँ, जनता के मन में इस समय गोरक्षा नहीं है, महँगाई और आर्थिक शोषण है। जनता महँगाई के खिलाफ आन्दोलन करती है। वह वेतन और महँगाई-भत्ता बढ़वाने के लिए हड़ताल करती है; जनता आर्थिक

न्याय के लिए लड़ रही है। और इधर आप गोरक्षा-आन्दोलन लेकर बैठ गए हैं। इसमें तुक क्या है?"

"बच्चा, इसमें तुक है। देखो, जनता जब आर्थिक न्याय की माँग करती है, तब उसे किसी दूसरी चीज में उलझा देना चाहिए, नहीं तो वह खतरनाक हो जाती है। जनता कहती है, हमारी माँग है—महँगाई बन्द हो, मुनाफाखोरी बन्द हो, वेतन बढ़े, शोषण बन्द हो; तब हम उससे कहते हैं कि नहीं, तुम्हारी बुनियादी माँग गो-रक्षा है। बच्चा, आर्थिक क्रान्ति की तरफ बढ़ती जनता को हम रास्ते में ही गाय के खूँटे से बाँध देते हैं। यह आन्दोलन जनता को उलझाए रखने के लिए है।"

"स्वामीजी, किसकी तरफ से आप जनता को इस तरह उलझाए रखते हैं?"

"जनता की माँग का जिन पर असर पड़ेगा, उनकी तरफ से। यही धर्म है। एक दृष्टान्त देते हैं। एक दिन हजारों भूखे लोग व्यवसायी के गोदाम में भरे अन्न को लूटने के लिए निकल पड़े। व्यवसायी हमारे पास आया। कहने लगा—स्वामी, कुछ करिए। ये लोग तो मेरी सारी जमा-पूँजी लूट लेंगे। आप ही बचा सकते हैं। आप जो कहेंगे, सेवा करेंगे। बस, बच्चा, हम उठे, हाथ में एक हड्डी ली और मन्दिर के चबूतरे पर खड़े हो गए। जब वे हजारों भूखे गोदाम लूटने का नारा लगाते आए तो मैंने उन्हें हड्डी दिखाई और जोर से कहा—किसी ने भगवान के मन्दिर को भ्रष्ट कर दिया। यह हड्डी किसी पापी ने मन्दिर में डाल दी। विधर्मी हमारे मन्दिर को अपवित्र करते हैं, हमारे धर्म को नष्ट करते हैं। हमें शर्म आनी चाहिए। मैं इसी क्षण से यहाँ उपवास करता हूँ। मेरा उपवास तभी टूटेगा, जब मन्दिर की फिर से पुताई होगी और हवन करके उसे पुनः पवित्र किया जाएगा। बस, बच्चा, वह जनता आपस में ही लड़ने लगी। मैंने उनका नारा बदल दिया। जब वे लड़ चुके, तब मैंने कहा—धन्य है, इस देश की धर्म-प्राण जनता! धन्य हैं, अनाज के व्यापारी सेठ अमुकजी! उन्होंने मन्दिर की शुद्धि का सारा खर्च देने को कहा है। बच्चा, जिसका गोदाम लूटने वे भूखे जा रहे थे, उसकी जय बोलने लगे। बच्चा, यह है धर्म का प्रताप। अगर इस जनता को गोरक्षा आन्दोलन में न लगाएँगे तो यह बैंकों के राष्ट्रीयकरण का आन्दोलन करेगी, तनख्वाह बढ़वाने का आन्दोलन करेगी, मुनाफाखोरी के खिलाफ आन्दोलन करेगी। उसे बीच में उलझाए रखना धर्म है, बच्चा।"

"स्वामीजी, आपने मेरी बहुत ज्ञान-वृद्धि की। एक बात और बताइए। कई राज्यों में गोरक्षा के लिए कानून है। बाकी में लागू हो जाएगा। तब यह आन्दोलन भी समाप्त हो जाएगा। आगे आप किस बात पर आन्दोलन करेंगे?"

"अरे बच्चा, आन्दोलन के लिए बहुत विषय हैं। सिंह दुर्गा का वाहन है। उसे सर्कस वाले पिंजड़े में बन्द करके रखते हैं और उससे खेल कराते हैं, यह अधर्म

है। सब सर्कसों के खिलाफ आन्दोलन करके, देश के सारे सर्कस बन्द करवा देंगे। फिर भगवान का एक अवतार मत्स्यावतार भी है। मछली भगवान का प्रतीक है। हम मछुओं के खिलाफ आन्दोलन छेड़ देंगे। सरकार का मत्स्यपालन विभाग (फिशरीज महकमा) बन्द कराएँगे।''

''स्वामीजी, उल्लू लक्ष्मी का वाहन है। उसके लिए भी तो कुछ करना चाहिए।''

''यह सब उसी के लिए तो कर रहे हैं, बच्चा! इस देश में उल्लू को कष्ट नहीं है। वह मजे में है।''

इतने में गाड़ी आ गई। स्वामीजी उसमें बैठकर चले गए। बच्चा वहीं रह गया।

भेड़ें और भेड़िए

एक बार एक वन के पशुओं को ऐसा लगा कि वे सभ्यता के उस स्तर पर पहुँच गए हैं, जहाँ उन्हें एक अच्छी शासन-व्यवस्था अपनानी चाहिए।

और, एक मत से यह तय हो गया कि वन-प्रदेश में प्रजातन्त्र की स्थापना हो।

शीघ्र ही एक समिति बैठी, शीघ्र ही एक विधान बन गया और शीघ्र ही एक पंचायत के निर्माण की घोषणा हो गई, जिसमें वन के तमाम पशुओं के द्वारा निर्वाचित प्रतिनिधि हों, और जो वन-प्रदेश के लिए कानून बनाएँ और शासन करें।

पशु-समाज में इस 'क्रान्तिकारी' परिवर्तन से हर्ष की लहर दौड़ गई कि सुख, समृद्धि और सुरक्षा का स्वर्ण-युग अब आया और वह आया।

जिस वन-प्रदेश में हमारी कहानी ने चरण धरे हैं, उसमें भेड़ें बहुत थीं—निहायत नेक, ईमानदार, कोमल, विनयी, दयालु, निर्दोष पशु, जो घास तक को फूँक-फूँककर खाता है।

भेड़ों ने सोचा कि अब हमारा भय दूर हो जाएगा। हम अपने प्रतिनिधियों से कानून बनवाएँगे कि कोई जीवधारी किसी को न सताए, न मारे। सब जिएँ और जीने दें। शान्ति, स्नेह, बन्धुत्व और सहयोग पर समाज आधारित हो।

और, उधर भेड़ियों ने सोचा कि अब हमारा संकटकाल आया। भेड़ों की संख्या इतनी अधिक है कि पंचायत में उनका ही बहुमत होगा। और अगर उन्होंने कानून बना दिया कि कोई पशु किसी को न मारे, तो हम खाएँगे क्या? क्या हमें घास चबाना सीखना पड़ेगा?

ज्यों-ज्यों चुनाव समीप आता, भेड़ों का उल्लास बढ़ता जाता।

एक दिन बूढ़े सियार ने भेड़िए से कहा, ''मालिक, आजकल आप बड़े उदास रहते हो?''

हर भेड़िए के आसपास दो-चार सियार रहते ही हैं। जब भेड़िया अपना शिकार खा लेता है, तब ये सियार हड्डियों में लगे मांस को कुतर खाते हैं, और हड्डियाँ चूसते रहते हैं। ये भेड़िए के आसपास दुम हिलाते चलते हैं, उसकी सेवा करते हैं, और मौके-बेमौके 'हुआ-हुआ' चिल्लाकर उसकी जय बोलते हैं।

तो बूढ़े सियार ने बड़ी गम्भीरता से पूछा, ''महाराज, आपके मुखचन्द्र पर चिन्ता के मेघ क्यों छाए हैं?'' वह सियार कुछ कविता भी करना जानता होगा या शायद दूसरे की उक्ति को अपनी बनाकर कहता हो।

खैर, भेड़िए ने कहा, ''तुझे क्या मालूम नहीं है कि वन-प्रदेश में नई सरकार बनने वाली है? हमारा राज तो अब चला।''

सियार ने दाँत निपोरकर कहा, ''हम क्या जानें महाराज! हमारे तो आप ही 'माई-बाप' हो। हम तो कोई और सरकार नहीं जानते। आपका दिया खाते हैं, आपके गुन गाते हैं।''

भेड़िए ने कहा, ''मगर अब समय आ रहा है कि सूखी हड्डियाँ भी चबाने को नहीं मिलेंगी।''

सियार सब जानता था मगर जानकर भी न जानने का नाट्य करना न आता, तो सियार शेर न हो गया होता!

आखिर भेड़िए ने वन-प्रदेश के पंचायत के चुनाव की बात बूढ़े सियार को समझाई और बड़े गिरे मन से कहा, ''चुनाव अब पास आता जा रहा है। अब यहाँ से भागने के सिवा कोई चारा नहीं है। पर जाएँ भी तो कहाँ?''

सियार ने कहा, ''मालिक, सरकस में भर्ती हो जाइए।''

भेड़िए ने कहा, ''अरे, वहाँ भी शेर और रीछ को तो लेते हैं, पर हम इतने बदनाम हैं कि हमें वहाँ भी कोई नहीं पूछता।''

''तो'', सियार ने खूब सोचकर कहा, ''अजायबघर में चले जाइए।''

भेड़िए ने कहा, ''अरे, वहाँ भी जगह नहीं है। सुना है, वहाँ तो आदमी रखे जाने लगे।''

बूढ़ा सियार अब ध्यानमग्न हो गया। उसने एक आँख बन्द की, नीचे के होंठ को ऊपर के दाँत से दबाया और एकटक आकाश की तरफ देखने लगा, जैसे विश्वात्मा से कनेक्शन जोड़ रहा हो! फिर बोला, "बस, सब समझ में आ गया। मालिक, अगर पंचायत में आपकी भेड़िया-जाति का बहुमत हो जाए तो?"

भेड़िया चिढ़कर बोला, "कहाँ की आसमानी बात करता है! अरे, हमारी जाति कुल दस फीसदी है, और भेड़ें तथा अन्य छोटे पशु नब्बे फीसदी। भला वे हमें काहे को चुनेंगे? अरे, कहीं जिन्दगी अपने को मौत के हाथ सौंप सकती है? मगर हाँ, ऐसा हो सकता, तो क्या बात थी!"

बूढ़ा सियार बोला, "आप खिन्न मत होइए सरकार! एक दिन का समय दीजिए। कल तक कोई योजना बन ही जाएगी। मगर एक बात है। आपको मेरे कहे अनुसार कार्य करना पड़ेगा!"

मुसीबत में फँसे भेड़िए ने आखिर सियार को अपना गुरु माना और आज्ञापालन की शपथ ली।

दूसरे दिन बूढ़ा सियार अपने साथ तीन सियारों को लेकर आया। उनमें से उसने एक को पीले रंग में रँग दिया था, दूसरे को नीले में और तीसरे को हरे में।

भेड़िए ने देखा और पूछा, "अरे, ये कौन हैं?"

बूढ़ा सियार बोला, "ये भी सियार हैं, सरकार—रँगे सियार हैं। आपकी सेवा करेंगे। आपके चुनाव का प्रचार करेंगे।"

भेड़िए ने शंका की, "मगर इनकी बात मानेगा कौन? ये तो वैसे ही छल-कपट के लिए बदनाम हैं।"

सियार ने भेड़िए का हाथ चूमकर कहा, "बड़े भोले हैं आप, सरकार! अरे मालिक, रूप-रंग बदल देने से तो, सुना है, आदमी बदल जाते हैं। फिर ये तो सियार हैं।"

और, तब बूढ़े सियार ने भेड़िए का भी रूप बदला। मस्तक पर तिलक लगाया, गले में कंठी पहनाई और मुँह में घास के तिनके खोंस दिये। बोला, "अब आप पूरे संत हो गए। अब भेड़ों की सभा में चलेंगे। मगर तीन बातों का खयाल रखना—अपनी हिंसक आँखों को ऊपर मत उठाना, हमेशा जमीन की ओर देखना। और कुछ बोलना मत, नहीं तो सब पोल खुल जाएगी। और वहाँ बहुत-सी भेड़ें आएँगी, सुन्दर-सुन्दर, मुलायम-मुलायम, तो कहीं किसी को तोड़ मत खाना।"

भेड़िए ने पूछा, "लेकिन ये रँगे सियार क्या करेंगे? ये किस काम आएँगे?"

बूढ़ा सियार बोला, "ये बड़े काम के हैं। आपका सारा प्रचार तो ये ही करेंगे। इन्हीं के बल पर आप चुनाव लड़ेंगे। यह पीला वाला बड़ा विद्वान है, विचारक है, कवि भी है, लेखक भी। यह नीला सियार नेता और पत्रकार है। और यह हरा धर्मगुरु है। बस, अब चलो।"

"जरा ठहरो!" भेड़िए ने बूढ़े सियार को रोका, "कवि, लेखक, नेता, विचारक—ये तो, सुना है, बड़े अच्छे लोग होते हैं। और ये तीनों..."

बात काटकर सियार बोला, "ये तीनों सच्चे नहीं हैं, रँगे हुए हैं, महाराज! अब चलिए, देर मत करिए।"

और वे चले। आगे बूढ़ा सियार था, उसके पीछे रँगे सियारों के बीच भेड़िया चल रहा था—मस्तक पर तिलक, गले में कंठी, मुख में घास के तिनके। धीरे-धीरे चल रहा था, अत्यन्त गम्भीरतापूर्वक, सिर झुकाए विनय की मूर्ति!

उधर एक स्थान पर सहस्रों भेड़ें इकट्ठी हो गई थीं, उस संत के दर्शन के लिए जिसकी चर्चा बूढ़े सियार ने फैला रखी थी।

चारों सियार भेड़िए की जय बोलते हुए भेड़ों के झुंड के पास आए।

बूढ़े सियार ने एक बार जोर से संत भेड़िए की जय बोली। भेड़ों में पहले से ही यहाँ-वहाँ बैठे सियारों ने भी जय-ध्वनि की।

भेड़ों ने देखा तो बोलीं, "अरे भागो, यह तो भेड़िया है!"

तुरन्त बूढ़े सियार ने उन्हें रोककर कहा, "भाइयो और बहनो! अब भय मत करो। भेड़िया राजा संत हो गए हैं। उन्होंने हिंसा बिलकुल छोड़ दी है। उनका 'हृदय-परिवर्तन' हो गया है। वे आज सात दिनों से घास खा रहे हैं। रात-दिन भगवान के भजन और परोपकार में लगे रहते हैं। उन्होंने अपना जीवन जीव-मात्र की सेवा के लिए अर्पित कर दिया है। अब वे किसी का दिल नहीं दुखाते, किसी का रोम तक नहीं छूते। भेड़ों से उन्हें विशेष प्रेम है। इस जाति ने जो कष्ट सहे हैं, उनकी याद करके अभी भी भेड़िया संत की आँखों में आँसू आ जाते हैं। उनकी अपनी भेड़िया जाति ने जो अत्याचार आप पर किए हैं, उनके कारण भेड़िया संत का माथा लज्जा से जो झुका है, सो झुका ही हुआ है। परन्तु अब वे शेष जीवन आपकी सेवा में लगाकर तमाम पापों का प्रायश्चित्त करेंगे। आज सवेरे की ही बात है कि एक मासूम भेड़ के बच्चे के पाँव में काँटा लग गया, तो भेड़िया संत ने उसे दाँतों से निकाला, दाँतों से! पर जब वह बेचारा कष्ट से चल बसा, तो भेड़िया संत ने सम्मानपूर्वक उसकी अन्त्येष्टि क्रिया की! उनके घर के पास जो हड्डियों का ढेर लगा है, उसके दान की घोषणा उन्होंने आज ही सवेरे की है। अब तो वे सर्वस्व त्याग चुके हैं। अब आप उनसे भय मत करो। उन्हें अपना भाई समझो। बोलो सब मिलकर—सन्त भेड़ियाजी की जय!"

भेड़ियाजी अभी तक उसी तरह गर्दन डाले विनय की मूर्ति बने बैठे थे। बीच में कभी-कभी सामने की ओर इकट्ठी भेड़ों को देख लेते और टपकती हुई लार को गटक जाते।

बूढ़ा सियार फिर बोला, "भाइयो और बहनो, मैं भेड़िया संत से अपने मुखार-विन्द से आपको प्रेम और दया का सन्देश देने की प्रार्थना करता, पर प्रेम-वश

उनका हृदय भर आया है, वे गद्‌गद हो गए हैं, और भावातिरेक से उनका कंठ अवरुद्ध हो गया है। वे बोल नहीं सकते। अब आप इन तीनों रंगीन प्राणियों को देखिए। आप इन्हें न पहचान पाए होंगे। पहचानें भी कैसे? ये इस लोक के जीव तो हैं नहीं। ये तो स्वर्ग के देवता हैं जो हमें सदुपदेश देने के लिए पृथ्वी पर उतरते हैं। ये पीले विचारक हैं, कवि हैं, लेखक हैं। नीले नेता हैं और स्वर्ग के पत्रकार हैं, और हरे वाले धर्मगुरु हैं। अब कविराज आपको स्वर्ग-संगीत सुनाएँगे। हाँ, कवि जी...''

पीले सियार को 'हुआ-हुआ' के सिवा कुछ और तो आता नहीं था, 'हुआ-हुआ' चिल्ला दिया। शेष सियार भी 'हुआ-हुआ' बोल पड़े। बूढ़े सियार ने आँख के इशारे से शेष सियारों को मना किया और चतुराई से बात को यों कहकर सम्हाला, ''भाई कविजी तो कोरस में गीत गाते हैं। पर कुछ समझे आप लोग? कैसे समझ सकते हैं? अरे, कवि की बात सबकी समझ में आ जाए तो कवि काहे का? उनकी कविता में से शाश्वत के स्वर फूट रहे हैं। वे कह रहे हैं कि जैसे स्वर्ग में परमात्मा, वैसे ही पृथ्वी पर भेड़िया। हे भेड़ियाजी, हे महान! आप सर्वत्र व्याप्त हैं, सर्वशक्तिमान हैं। प्रातःकाल सन्ध्या आपके मस्तक पर तिलक करती है, साँझ को ऊषा आपका मुख चूमती है, पवन आपकी अग्नि पर पंखा करती है, और रात्रि को आपकी ही ज्योति लक्ष-लक्ष खंड होकर आकाश में तारे बनकर चमकती है। हे विराट! आपके चरणों में इस क्षुद्र का प्रणाम है।''

फिर नीले रंग के सियार ने कहा, ''निर्बलों की रक्षा बलवान ही कर सकते हैं। भेड़ें कोमल हैं, निर्बल हैं, अपनी रक्षा नहीं कर सकतीं। भेड़िया बलवान है, इसलिए उसके हाथ में अपने हितों को छोड़ निश्चिन्त हो जाओ। वह भी तुम्हारा भाई है। आप एक ही जाति के हो। तुम भेड़, वह भेड़िया। कितना कम अन्तर है! और बेचारा भेड़िया व्यर्थ ही बदनाम कर दिया गया है कि वह भेड़ों को खाता है। अरे, खाते और हैं, हड्डी उनके द्वार पर फेंक जाते हैं। ये व्यर्थ बदनाम होते हैं। तुम लोग तो पंचायत में बोल भी नहीं पाओगे। भेड़िया बलवान है। यदि तुम पर कोई अन्याय होगा तो डटकर लड़ेगा। इसलिए अपनी हित-रक्षा के लिए भेड़ियों को चुनकर पंचायत में भेजो। बोलो सब—भेड़िया की जय!''

फिर हरे रंग के धर्मगुरु ने उपदेश दिया, ''जो यहाँ त्याग करेगा, वह उस लोक में पाएगा। जो यहाँ दुख भोगेगा, वह वहाँ सुख पाएगा। जो यहाँ राजा बनाएगा, वह वहाँ राजा बनेगा। जो यहाँ वोट देगा, वह वहाँ 'व्रोट' पाएगा। इसलिए सब मिलकर भेड़िया को वोट दो। वे दानी हैं, परोपकारी हैं, संत हैं। मैं उनको प्रणाम करता हूँ।''

यह एक भेड़िए की कथा नहीं है, यह सब भेड़ियों की कथा है। सब जगह इस प्रकार प्रचार हो गया और भेड़ों को विश्वास हो गया कि भेड़िए से बड़ा उनका कोई हित-चिन्तक और हित-रक्षक नहीं है।

और अब पंचायत का चुनाव हुआ तो भेड़ों ने अपनी हित-रक्षा के लिए भेड़ियों को चुना।

और पंचायत में भेड़ों के हितों की रक्षा के लिए भेड़िए प्रतिनिधि बनकर गए।

और पंचायत में भेड़ियों ने भेड़ों की भलाई के लिए पहला कानून यह बनाया :

'हर भेड़िए को सवेरे नाश्ते के लिए भेड़ का एक मुलायम बच्चा दिया जाए, दोपहर के भोजन में एक पूरी भेड़ तथा शाम को स्वास्थ्य के खयाल से कम खाना चाहिए, इसलिए आधी भेड़ दी जाए।'

एक वैष्णव कथा

यह कहानी मैंने वैष्णवों के लिए लिखी है। मगर इसके पहले मैं वैष्णवों की एक पुरानी कथा सुनाना चाहता हूँ। यह पुरानी कथा पोथी से लेकर भजन तक में पाई जाती है।

एक दिन एक हाथी पानी पीने नदी में घुसा। वहाँ एक मगर ने उसका पाँव पकड़ लिया। बड़ी देर तक दोनों में लड़ाई होती रही और हाथी हार गया। मगर उसे निगलने की तैयारी कर रहा था कि हाथी ने भगवान को पुकारा। उसकी करुण पुकार सुनकर भगवान पैदल ही भागे आए। उन्होंने मगर को मारा और हाथी का उद्धार किया। वैष्णव-भजनावली में इस घटना को स्थान मिला।

अब वैष्णवों के लिए मेरी कहानी शुरू होती है।

एक दिन एक शहर के अखबार में खबर छपी :

'पिछली रात को अमुक विभाग के दफ्तर में अचानक आग लग गई। (दफ्तर का नाम नहीं बता रहा हूँ, क्योंकि इससे नए सिरे से जाँच शुरू हो जाएगी।) दफ्तर में रखे हुए रजिस्टर, फाइलें और दूसरे कागजात जलकर भस्म हो गए। आग लगने का कारण अभी तक अज्ञात है। दफ्तरों में आग पहले भी लगी हैं, पर वे अक्सर चपरासी की बीड़ी से लगती हैं। पर इस दफ्तर का चपरासी बीड़ी नहीं पीता। उसके पास तमाखू का बटुआ पाया गया। पुलिस आगे के कारणों की जाँच कर रही है।'

एक हफ्ते बाद अखबार में फिर छपा :

'विस्तृत जाँच के बाद भी आग का कारण मालूम नहीं हो सका है। आग को सरकारी क्षेत्रों में रहस्यमय माना जा रहा है। उनका कहना है कि यह कोई दैवी चमत्कार था। लोगों का भी विश्वास है कि इसमें मनुष्य का हाथ होता तो पुलिस पता लगा लेती। आग अवश्य दैवी इच्छा का परिणाम थी।'

सरकार ने और जनता ने मान लिया कि यह दैवी चमत्कार था। ऐसे दैवी चमत्कार अखबार में अक्सर छपते रहते थे। मामला यहीं बन्द कर दिया गया।

पर यह दैवी चमत्कार घटित कैसे हुआ? यही घटना वैष्णवों के लाभार्थ मैं वर्णित कर रहा हूँ। यह किसी रिकॉर्ड में नहीं मिलेगी। मगर भजन में स्थान पा जाएगी।

एक दिन उस दफ्तर के बाबू...(बाबू का नाम नहीं खोलूँगा, क्योंकि जाँच फिर शुरू हो जाएगी) ने बबुआइन से कहा, "बुरे फँस गए। लाखों का गोलमाल है। कागजात जब्त हो गए हैं। खाए सबने हैं, पर ऊपर वाले नीचे वाले को फँसा रहे हैं। दो-तीन दिन में मैं सस्पेंड हो जाऊँगा। नौकरी जाएगी और जेल भी हो सकती है।"

बबुआइन भक्तिन थी। घूस और गबन का पैसा भी घर में आता, तो पहले भगवान के सिंहासन के सामने रखती। उसने कहा, "घबराओ मत। जिसकी रक्षा कोई नहीं करता, उसकी रक्षा भगवान करते हैं। तुमने वह कथा तो सुनी ही होगी, जिसमें गज की पुकार पर भगवान पैदल दौड़े आए थे?"

बाबू ने कहा, "सुनी है। डिपार्टमेंट में ऊपर के सब लोग मगर हो गए हैं और मैं हाथी हूँ। यह भगवान के हस्तक्षेप के लिए सही केस है। पर मैं किस मुँह से उन्हें पुकारूँ? मैंने तो कभी उनका नाम नहीं लिया।"

पत्नी ने कहा, "पर मैं तो तुम्हारी अर्द्धांगिनी हूँ। मैं रोज उनकी पूजा-स्तुति करती हूँ। मेरा आधा पुण्य तुम्हारा हुआ ही। अपने भगवान जितनी छूट देते हैं, उतनी किसी के भगवान नहीं देते। अजामिल का मामला तो आपको मालूम ही है। जिन्दगी-भर पाप किए और एक बार भगवान का नाम लेने से उसका उद्धार हो गया। तुम सच्चे हृदय से उन्हें पुकारो तो!"

शाम को बाबू ने आँखें बन्द कीं, हाथ जोड़े और प्रार्थना की, "भगवान, मेरा आपसे पूर्व-परिचय नहीं है। 'वाइफ' आपको जानती है। वह आपकी पूजा-स्तुति

करती है। वह मेरी धर्मपत्नी है इसलिए आप पर मेरा भी 'क्लेम' है। अगर उसने एक लाख बार आपका नाम लिया है तो उसमें से पचास हजार मेरी तरफ का हुआ। अगर आपको यह 'फिगर' ज्यादा लगे, तो चालीस हजार ही सही। चालीस हजार भी आपको मंजूर न हो, तो तीस तो कहीं नहीं गए। इससे मैं एक भी कम नहीं करूँगा—आपको बुरा लगे चाहे भला। आपके लिए खास रियायत कर दी है वरना मैं दूसरे से पचहत्तर से कम पर बात ही नहीं करता। खैर, बात यह है कि मैं एक मामले में फँस गया हूँ। आपसे कुछ छिपा नहीं है। आप अन्तर्यामी हैं। हृदय की बात जानते हैं, तो दफ्तर की क्यों न जानेंगे? इस मानले में हर आदमी अपने नीचे वाले को फँसा रहा है। हर एक के अपने बचाव के अलग तरीके हैं। मुझसे 'वाइफ' ने कहा है कि मैं आपकी मदद माँगूँ, तो आप आ जाइए और मुझे बचाइए। लेकिन जरा जल्दी कीजिए। आप 'एमरजेंसी' में भी पैदल आते हैं। उस हाथी को बचाने आप पैदल क्यों गए? मेरे 'केस' में आप मेहरबानी करके ऐसा न करें। किसी तेज सवारी पर आएँ। टैक्सी कर लें। किराया मैं चुका दूँगा। मैं आपकी राह देख रहा हूँ।''

बाबू की पत्नी ने कहा, ''तुम्हें प्रार्थना करना भी नहीं आता।''

''तो और कैसे की जाती है?''

''तुम तो इस तरह बात करते हो भगवान से, जैसे उन्हें घूस दी हो और काम करवाना हो!''

''भई, हम तो एक ही रास्ता जानते हैं और उसी की भाषा बोल सकते हैं।''

''पर यह मामला भगवान का है।''

''भगवान का हो, चाहे आदमी का, अपना काम करवाने का एक ही तरीका है।''

''नहीं, भगवान की करुणा को जगाना चाहिए, उनकी स्तुति करनी चाहिए—'हे सर्वशक्तिमान, हे दीनबन्धु, हे करुणामय, मुझ दीन पर दया करो!'

''अच्छा, तो यह सब तुम कह देना। कहना, मेरे पति ने आपसे जो कहा है, उसमें इतना और जोड़ लो।''

पति-पत्नी इन्तजार करते रहे कि अब क्या होता है।

बाबू ने ऊबकर कहा, ''तुम्हारे भगवान ने ऐसे 'केस' में पहले भी मदद की है?''

''संकट में मदद तो वे करते ही रहते हैं। हजारों बार की है।''

''मेरा मतलब है, जैसे मामले में मैं फँस गया हूँ, वैसा मामला पहले भी हुआ है? यानी ऐसे मामले को 'डील' करने का उन्हें अनुभव है या नहीं? नहीं होगा, तो वे क्या जानें कि इसमें क्या करना है!''

''देखते जाओ। उनके लिए क्या मुश्किल है! वे चाहें तो सरकार को डिसमिस कर दें।''

''उससे क्या होगा? दूसरी सरकार आ जाएगी। उन्हें तो किसी देवदूत के द्वारा कागजात की चोरी करवा लेनी चाहिए। सील लगा दी गई है, पर भगवान चाहें तो सील तुड़वाकर चोरी करवा सकते हैं।''

''उन्हें तुम क्या बताओगे, वे सब जानते हैं।''

पति-पत्नी इन्तजार करते रहे।

आधी रात के बाद वह हुआ, जिसे बाबू-पत्नी 'चिमत्कार' कहती है।

एक देवदूत मुहल्ले में बाबू का मकान पूछता हुआ आया। दरवाजे पर दस्तक दी। बाबू ने दरवाजा खोला। देवदूत ने पूछा, ''तुम्हीं...बाबू हो?''

''जी, कहिए, कहाँ से आना हुआ?''

''देवलोक से आ रहा हूँ। भगवान ने भेजा है। तुमने उन्हें बुलाया था न?''

बाबू-पत्नी ने साधिकार कहा, ''हाँ, पर वे खुद क्यों नहीं आए? पहले तो वे खुद आते थे?''

देवदूत ने कहा, ''वह जमाना गया। अब माँग बहुत बढ़ गई है। बड़े 'केस' में ही वे जा सकते हैं। लोग उनका मन्दिर बनवाते हैं और फिर इनकम-टैक्स की चोरी में फँस जाते हैं। वे वहाँ जाएँ या तुम्हारे टुच्चे मामले के लिए दौड़े आएँ? तुम्हारे काम के लिए मैं काफी हूँ। बोलो, कौन तुम्हारे लिए मगर बना हुआ है?''

बाबू ने कहा, ''सुपरिंटेंडेंट मुझे फँसा रहा है।''

''तो उसे मार डालूँ?''

इतना कहते ही फिर 'चिमत्कार' हुआ। न जाने कैसे सुपरिंटेंडेंट हाथ जोड़े हाजिर हो गया। बोला, ''प्रभु, मेरी टाँग मेरे ऊपर वाला जबड़ों में पकड़े है। उसकी टाँग उससे ऊपर वाला। इस तरह सेक्रेटरी तक। हम एक-दूसरे के लिए मगर भी हैं और हाथी भी। मुझ दीन को मारने से आपका भक्त नहीं बचेगा। मेरे ऊपर वाला उसे पकड़ लेगा।''

देवदूत ने कहा, ''तो तुम सबको मार डालूँ?''

''उससे भी कुछ नहीं होगा, प्रभु!''

''क्यों?''

''भगवन्, हमारी जगह दूसरे आ जाएँगे और आपके भक्त को पकड़ लेंगे।''

देवदूत सुपरिंटेंडेंट से खुश हो गया था। वह उसे प्रभु और भगवान कह रहा था। पुलिस कांस्टेबल को इंस्पेक्टर साहब कहने से वह छोड़ देता है। देवदूत भी पिघल रहा था।

उसने पूछा, ''तो फिर क्या किया जाए?''

बाबू ने कहा, ''सर, आफत की जड़ वे कागजात हैं, जो सील कर दिये गए हैं। उन्हीं में सारे सबूत हैं। हम लोगों में आपस में कोई मतभेद या दुश्मनी नहीं है। सबके दुश्मन वे कागजात हैं। अगर आप उन्हें चुराकर देवलोक ले जाएँ...''

देवदूत ने कहा, "सर्वशक्तिमान चोरी नहीं करते।"

भक्तिन बाबू-पत्नी बोली, "कैसे नहीं करते ? वे तो माखन की चोरी करते थे। माखन-चोर उनका नाम ही है।"

देवदूत ने कहा, "खाने-पीने की चीज की बात अलग है। यह फाइलों का मामला है।"

बाबू ने कहा, "तो फिर दफ्तर में आग लगा दीजिए। चपरासी और पुलिस को जरा देर के लिए सुला दीजिए।"

देवदूत ने कहा, "तुम खुद क्यों नहीं लगा देते ? चलो, मेरे सामने आग लगाओ।"

सुपरिंटेंडेंट ने कहा, "प्रभु, हम मनुष्य हैं। हमारी लगाई आग पकड़ी जाएगी। आप ही अपने कर-कमलों से लगा दीजिए।"

देवदूत ने कहा, "अरे, मैं तो इच्छा-मात्र से आग लगा सकता हूँ।"

तीनों दफ्तर के पास गए। देवदूत ने मन-ही-मन अग्नि का आह्वान किया। दफ्तर जलने लगा। सारे सबूत खाक हो गए।

एक भक्तिन ने पति के सारे डिपार्टमेंट को बचा लिया।

पुलिस पता लगाते-लगाते हार गई, पर आग का कारण ज्ञात नहीं हो सका। लगे भी कैसे ? वह आग तो दैवी चमत्कार थी। मनुष्य की क्या औकात कि दैवी लीला को समझे!

यह कथा सत्य है और वैष्णवों के लाभार्थ मैंने कही है। कथा से दो शिक्षाएँ मिलती हैं :

1. वैष्णव बेखटके गबन कर सकता है, चोरी कर सकता है, काला पैसा जमा कर सकता है।
2. किसी दफ्तर में आग लग जाए तो शासन को उसकी जाँच की कोशिश नहीं करनी चाहिए। विश्वास कर लेना चाहिए कि आग दैवी इच्छा से लगी है। दैवी इच्छा में मनुष्य को हस्तक्षेप नहीं करना चाहिए।

विज्ञापन में बिकती नारी

अखबार में भविष्य-फल और विज्ञापन जरूर पढ़ता हूँ। जिनका कोई भविष्य नहीं है, उन्हें भी भविष्य-फल पढ़ना चाहिए। कभी-कभी फल में से भविष्य निकल पड़ता है, जैसे अकाल में से राहत-कार्य अधिकारियों के बँगले निकल पड़ते हैं। मेरी राशि के सामने लिखा रहता है, 'इस सप्ताह आर्थिक तंगी रहेगी, पर पैसे का प्रबन्ध हो जाएगा।' मेरे और भारत सरकार के ग्रह एक-से पड़े हैं। उसका भी यही स्थायी भविष्य-फल है, आर्थिक तंगी रहेगी, पर पैसे का इन्तजाम हो जाएगा। मैं पास का पैसा खर्च करने निकल पड़ता हूँ। तंगी होगी तब पैसे का इन्तजाम होगा—ऐसा ज्योतिषी कहते हैं। तंगी ही न होगी, तो ग्रह क्यों इन्तजाम करेंगे! भारत सरकार तंगी पैदा करती है, तो ग्रह कहीं अमेरिका के, कहीं रूस के, कहीं विश्व-बैंक के पीछे पड़कर पैसे का इन्तजाम करवा देते हैं।

उस दिन भविष्य-फल पढ़ते ही मैं तंगी पैदा करने निकल पड़ा। पास में कुछ रुपए थे। ये अगर बने रहे, तो ग्रह कहीं से पैसा नहीं दिलवाएँगे। मैंने तय किया, एक पंखा खरीदकर तंगी पैदा कर ली जाए। मैंने अखबार में पंखों के विज्ञापन देखे। हर कम्पनी के पंखे के सामने स्त्री है। एक पंखे से उसकी साड़ी उड़ रही है और दूसरे से उसके केश। एक विज्ञापन में तो सुन्दरी पंखे के फलक पर ही बैठी हुई है। मुझे डर लगा, कहीं किसी ने स्विच दबा दिया तो? ऐसी बदमाशियाँ आजकल होती रहती हैं। मैं सुन्दरी के लिए बहुत चिन्तित हुआ। पिछले साल मेरा एक महीना ऐसी ही चिन्ता में कटा था। एक पत्रिका ने मुखपृष्ठ सजाने के लिए चित्र छापा था—तीसरी मंजिल की खिड़की पर स्त्री पैर लटकाए बैठी है। मैं परेशान हो गया। जरा-सा झोंका आए तो यह गिर पड़ेगी। रात को एकाएक नींद खुल जाती और मैं सोचता—पता नहीं, उसका क्या हुआ! कहीं गिर तो नहीं पड़ी? अगला अंक जब आया और मैंने देख लिया कि लड़की उतर गई है, तब चैन पड़ा।

सोचा, यही पंखा खरीद लूँ। स्त्री को उतारकर घर पहुँचा दूँ और कहूँ, 'बहनजी, इस तरह पंखे पर नहीं बैठा करते। पंखे तो बिक ही जाएँगे। तुम उनके लिए जान जोखिम में क्यों डालती हो?'

मैंने बहुत पंखे देखे। किसी के सामने कोई पुरुष बैठा हुआ हवा नहीं ले रहा है। कोई पंखा कोई पुरुष इसलिए क्यों खरीद ले कि उससे सुन्दर स्त्री की साड़ी उड़ रही है? अगर उसका पुरुष पर कोई असर न हो तो? धोखा हो जाएगा।

लेकिन कमोबेश हर चीज का यही हाल है। टूथपेस्ट के इतने विज्ञापन हैं, मगर हर एक में स्त्री ही 'उजले दाँत' दिखा रही है। एक भी ऐसा मंजन बाजार में नहीं है, जिससे पुरुष के दाँत साफ हो जाएँ। या कहीं ऐसा तो नहीं है कि इस देश का आदमी मुँह साफ करता ही नहीं है? यह सोचकर बड़ी घिन आई कि ऐसे लोगों के बीच में रहता हूँ, जो मुँह भी साफ नहीं करते।

इस विज्ञापन में लड़के ने एक खास साइकिल खरीद ली है। पास ही लड़की खड़ी है। बेड़े प्रेम से उसे देखकर मुस्कुरा रही है। अगर लड़का दूसरी कम्पनी की साइकिल खरीद लेता, तो लड़की उससे कहती, 'हटो, हम तुमसे नहीं बोलते। तुमने अमुक साइकिल नहीं खरीदी।'

यह एक और लड़की है, जो प्रेमी को एक खास सिगरेट पिलवा रही है। वह सिगरेट पी रहा है और यह मुग्ध भाव से देख रही है, 'तू यह मत समझ लेना कि मैं तेरे रूप और गुण पर मुग्ध हूँ। मैं तो इसलिए तुझे प्यार करने आई हूँ कि तू यह सिगरेट पीता है।'

ये चार-पाँच सुन्दरियाँ उस युवक की तरफ एकटक देख रही हैं।

'सुन्दरियो, तुम उस युवक पर क्यों मुग्ध हो? वह सुन्दर है, इसलिए?'

'नहीं, वह अमुक मिल का कपड़ा पहने है, इसलिए। वह किसी दूसरी मिल का कपड़ा पहन ले, तो हम उसकी तरफ देखेंगी भी नहीं। हम मिल की तरफ से मुग्ध होने की ड्यूटी पर है।'

सुन्दरी को ट्रक और टायर से क्या मतलब? मगर इस विज्ञापन में ट्रक खड़ा है, ट्रक के मालिक सरदारजी खड़े हैं। एक टायर रखा है और सुन्दरी इशारा कर रही है कि वह टायर लगाओ। यह बात बरदाश्त नहीं की जा सकती। पेस्ट, कपड़ा, सिगरेट में दखलअंदाजी चल सकती है, मगर ट्रक का मामला खतरनाक है। ट्रक को अमृतसर से बम्बई गेहूँ भरकर ले जाना है। अगर स्त्री के कहने से रद्दी टायर लगा लिया और वह कहीं बीच जंगल में धोखा दे गया, तो सरदारजी का क्या होगा? इसकी जिम्मेदारी किस पर?

मैंने कोई विज्ञापन ऐसा नहीं देखा जिसमें पुरुष स्त्री से कह रहा हो कि यह साड़ी या यह स्नो खरीद लो। अपनी चीज वह खुद पसन्द करती है, मगर पुरुष की सिगरेट से लेकर टायर तक में दखल देती है।

ऐसा लगता है, सारी अर्थव्यवस्था पर नारी-सौन्दर्य ने कब्जा कर रखा है।

मैं नहीं जानता, स्त्रियाँ इन विज्ञापनों में अपने 'रोल' के बारे में क्या सोचती हैं, मगर इनसे ये निष्कर्ष निकलते हैं :

- इस देश की सारी सुन्दर स्त्रियाँ कम्पनियों की नौकरानियाँ हैं। उनका काम कम्पनी की तरफ से पुरुष को फुसलाना है।
- सुन्दर स्त्री के जीवन का महान उद्देश्य है : किसी कारखाने का माल बिकवाना।
- सौन्दर्य की परिभाषा : सौन्दर्य स्त्री की वह मोहिनी शक्ति है, जिसके वशीभूत होकर पुरुष रद्दी सामान खरीद लेता है।
- इस देश का पुरुष बौड़म है। उसे किसी चीज की परख नहीं है। उसमें सुरुचि का भी अभाव है।
- स्त्री सिगरेट और टायर के मामले में भी विशेषज्ञ होती है।
- इस देश का पुरुष स्त्री का गुलाम है। वह जो चीज बता देती है, उसी को खरीद लेता है।
- स्त्री अपने उपयोग के किसी सामान में पुरुष को दखल नहीं देने देती। वह साड़ी अपनी इच्छा से खरीदेगी, मगर पुरुष को टायर अपनी इच्छा से नहीं खरीदने देगी।
- कोई सुन्दर स्त्री किसी पुरुष से सच्चा प्रेम नहीं करती। वह उसी पुरुष से प्रेम करने लगती है, जो उसकी बताई कम्पनी का माल खरीदता है।
- सच्चा प्रेम सिर्फ कुरूप स्त्रियाँ करती हैं, क्योंकि वे किसी कम्पनी का माल नहीं बिकवातीं।

● अब सिर्फ कुरूप स्त्री भरोसे के लायक रह गई। सुन्दरी का कोई भरोसा नहीं। कोई सुन्दरी अगर मेरी तरफ मुग्ध होकर देखती है, तो मैं समझ जाता हूँ कि मैं उस कम्पनी के जूते पहने हूँ, जिसकी तरफ से यह मुग्ध होने की ड्यूटी कर रही है। अगर कोई सुन्दरी पुरुष से लिपट जाए तो यह सोचना भ्रम है कि वह तुमसे लिपट रही है। वह शायद रामप्रसाद मिल्स के सूट के कपड़े से लिपट रही है। अगर कोई सुन्दरी तुम्हारे पाँवों की तरफ़ देख रही है, तो वह 'सतयुगी समर्पिता' नारी नहीं है, जिसके लिए कहा गया है—'एकहि धर्म एक व्रत नेमा, काय वचन मन पति पद प्रेमा।' वह तुम्हारे पाँवों में पड़े धर्मपाल शू कम्पनी के जूते पर मुग्ध है। सुन्दरी आँखों में देखे, तो जरूरी नहीं कि वह आँख मिला रही है। वह शायद 'नेशनल आप्टिशियंस' के चश्मे से आँख मिला रही है। प्रेम व सौन्दर्य का सारा स्टॉक कम्पनियों ने खरीद लिया है। अब ये उन्हीं के मार्फत मिल सकते हैं।

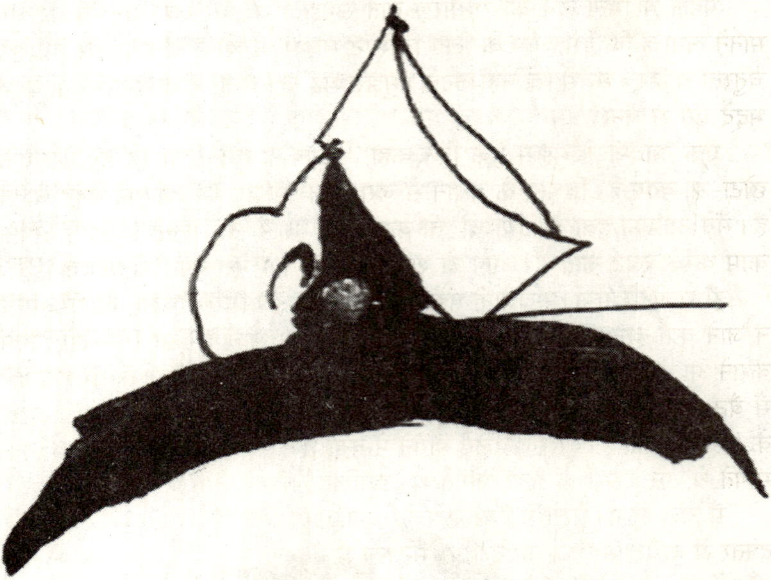

मिल लेना

'मिल लेना' उतना आसान नहीं है, जितना मैं पहले समझता था। देखता था कि लोग राजधानी जाने वाले से कहते थे—'हमारा अमुक काम अटका है, जरा फलाँ से मिल लेना।' वे मिल लेते थे और लौटकर बताते थे कि 'मिल लिए और काम हो जाएगा।' मेरे एक मित्र हैं जो 'मिल लेने' के विशेषज्ञ हैं। वे सुबह टैक्सी लेकर निकले और शाम को जब उन्होंने अपना हिसाब बताया, तो मैं चकित रह गया—वे तीन मंत्रियों, चार सचिवों और तीन डायरेक्टरों से मिल आए थे और लगभग पन्द्रह आदमियों का काम करवा आए थे। हमारी इस सारी व्यवस्था को मिल लेने वाले ही चला रहे हैं। बड़ी कम्पनियाँ हजारों रुपए वेतन पर राजधानियों में मिल लेने वाले रखती हैं, जिनका काम सिर्फ मिल लेना है। मगर मैंने सुना है कि असली सरकार यही मिल लेने वाले चलाते हैं, यही बजट बनाते हैं, यही मंत्रिमंडल बनवाते हैं, यही नीतियाँ तय करते हैं। युद्ध और शान्ति भी, सुना है, इन्हीं मिल लेनेवालों के इशारे पर होती है।

पहले मैं मिल लेने को साधारण बात समझता था, पर एक अनुभव के बाद मानने लगा हूँ कि इस काम के लिए विशिष्ट साहस, विशिष्ट प्रतिभा और विशिष्ट चतुरता चाहिए। सबसे यह नहीं बनता। मुझसे यह नहीं बना; थोड़ा बना भी तो बहुत भद्दे ढंग से बना।

एक आदमी ने मुझसे एक दिन कहा, ''आप राजधानी जा रहे हैं। मेरा एक छोटा-सा काम है। विभाग के प्रधान से जरा मिल लीजिए। वे आपको बहुत चाहते हैं। मैंने आपका हवाला दिया था, तो कहने लगे कि वे तो मिलते ही नहीं, अपना काम करके लौट जाते हैं। आप दो शब्द कह देंगे, तो मेरा काम हो जाएगा।''

मैं राजी हो गया। राजधानी पहुँचकर जब मैं उनसे मिलने चला, तो मेरे भीतर न जाने क्या होने लगा। जाऊँ कि न जाऊँ? वे क्या सोचेंगे? सोचेंगे—लो, काम कराने आ गया। फायदा उठाने आ पहुँचा। कहूँगा कैसे? न कह सका तो क्या होगा? मैं बैठ गया। दूसरी तरफ से सोचने की कोशिश की—मेरा काम है तो नहीं। दूसरे के भले की बात है। दूसरे के लिए माँगने में क्या शर्म और झिझक! गांधीजी कितना माँगते थे, पर दूसरों के लिए माँगते थे। इसलिए बेखटके माँगते थे। चलो।

मैं चल दिया। रास्ते में फिर कमजोरी आई और फिर मैंने उसे दबाया। आखिर दफ्तर से करीब सौ गज की दूरी पर मेरे मन में फिर दुविधा पैदा हुई। एक पेड़ की छाँह में खड़े होकर मैं अपने मन को तरह-तरह से तैयार करता रहा। आखिर यह तय करके कि अगले चक्कर में मिल लूँगा, मैं लौट आया।

काम वाले ने पूछा, ''आप उनसे मिल लिए होंगे?''

मैंने कहा, ''मैं गया था, पर मालूम हुआ कि वे दिल्ली गए हैं। अगली बार मिल लूँगा।''

अगली बार मैं फिर हिम्मत करके दफ्तर के पास पहुँचा और इस बार बाईं तरफ सौ गज की दूरी पर पेड़ की छाया में खड़ा-खड़ा सोचता रहा—वे मन में क्या सोचेंगे? कहेंगे, यों तो यह नहीं मिलता। अब मिलने आया है, तो काम लेकर आया है।

मैं फिर लौट आया और कह दिया कि वे बंगलौर एक मीटिंग में गए हैं। सरकारी मीटिंगों की चार-पाँच निश्चित जगहें हैं। साल-भर सरकारी मीटिंगें इस इन्तजार में रुकी रहती हैं कि कब गर्मी आए और हम सार्वजनिक खर्च पर श्रीनगर या मसूरी या बंगलौर में हों। तीसरी बार मैंने फिर मिलने की कोशिश की, पर लौटकर कह दिया कि वे एक मीटिंग में मसूरी गए हैं।

उसे शक हो गया कि जब तक मैं इनके साथ राजधानी न जाऊँगा, तब तक साहब मीटिंग में बाहर ही रहा करेंगे। उन्हें दफ्तर में वापस लाने के उद्देश्य से अगली बार वह मेरे साथ हो लिया। मुझे घबराहट होने लगी। इस बार मैं तभी बच सकता हूँ, जब वे सचमुच बाहर गए हों। घर पहुँचने के दो-तीन घंटों के भीतर ही काम वाला पता लगा लाया कि वे यहीं हैं और कुछ दिन रहेंगे।

पहले दिन मैंने कहा, "आज मैं अपना काम निपटा लूँ।" दूसरे दिन सुबह उसने कहा, "चलिए, वे बँगले पर खाली मिल जाएँगे।" मैंने कहा, "दफ्तर में मिलना ठीक होगा। वे तुरन्त फाइल वगैरह बुलाकर ऑर्डर कर देंगे।" उसे बात पट गई। मेरे कुछ घंटे कटे, पर बीच-बीच में चिन्ता काट जाती थी। एक बजे भोजन कराकर उसने कहा, "चलिए दफ्तर।" मैंने कहा, "मैं सोचता हूँ, घर पर मिलना ठीक रहेगा। बात यह है कि मेरे उनसे व्यक्तिगत सम्बन्ध ही हैं इसलिए दफ्तर में मिलना ठीक नहीं। खुलकर बात भी नहीं हो सकेगी।" वह मान गया। बोला, "ठीक है। शाम को लगभग आठ बजे वे खाली रहते हैं। मैं आपको ले चलूँगा।"

शाम तक मैं यहाँ-वहाँ घूमता रहा, दोस्तों में बैठता रहा, पर खटका हमेशा बना रहा कि शाम को उनसे मिलना है। अब किसी तरह टल नहीं सकता। आठ बजे उन्होंने मुझे टैक्सी में बिठाया। तय हुआ कि बँगले के सामने से निकलेंगे और सौ गज आगे जाकर मैं टैक्सी से उतर जाऊँगा। वह टैक्सी में मेरा इन्तजार करेगा। टैक्सी जब बँगले के सामने से निकली तो बरामदे में दो आदमी खड़े दिखे। आगे जाकर टैक्सी रुकी, तो मैंने कहा, "अभी तो दो आदमी वहाँ मिलने को खड़े हैं। इस वक्त जाना ठीक नहीं होगा।" उसने कहा, "वे बात करके जाने के लिए खड़े हैं। अब तक चले गए होंगे।" मैंने कहा, "नहीं, उनके खड़े होने के ढंग से ऐसा मालूम होता है कि मिलने के लिए आए हैं।" उसने कहा, "तो फिर ऐसा करें, यहाँ पास ही मुझे एक आदमी से मिलना है। उससे दो मिनट में मिलकर लौटते हैं। तब तक वे लोग चले गए होंगे।"

मुझे कुछ राहत मिली। जिनसे उसे मिलना था, उसके घर के सामने टैक्सी रोककर वह उतरा। कहा, "आप बैठिए। मैं दो मिनट में आता हूँ।" थोड़ी देर बाद एक सज्जन आए और बोले, "वाह साहब, ऐसा नहीं हो सकता कि घर पर आएँ और टैक्सी में ही बैठे रहें! दो मिनट तो बैठना ही पड़ेगा।" काम वाले ने बहुत जोर दिया कि इस वक्त बहुत जरूरी काम है; मैं इन्हें कल ले आऊँगा। पर उन सज्जन ने मुझे उतार लिया और मैं उतर गया।

बैठक में पहुँचकर सज्जन बोले, "चाय तो पीनी ही पड़ेगी।" मैंने कहा, "हाँ, चल जाएगी।" काम वाला घबरा उठा। बोला, "देखिए, चाय में देर लगेगी। एक जगह जरूरी जाना है।" सज्जन ने कहा, "बस, दो मिनट लगेंगे।"

मैं सोच रहा था, अगर यह पन्द्रह-बीस मिनट यहाँ लगा दे, तो मैं इस वक्त मिलने से बच सकता हूँ। पता नहीं, इसकी पत्नी कैसे चाय बनाती है—सिगड़ी पर या स्टोव पर! कहीं इसके घर बरशेन का चूल्हा तो नहीं है? अगर बरशेन हुआ, तो बहुत जल्दी चाय बन जाएगी। हे भगवान, इसके घर बरशेन न हो। और अगर तूने इसे पहले से बरशेन दे रखा हो, तो इस वक्त गैस खत्म हो गई हो।

चाय पीने और पान खाने में नौ बज गए। मेरा मन कुछ हल्का हुआ। काम वाला मुझे लेकर चला। कहने लगा, "ये आदमी अच्छे हैं, पर दूसरों के समय का महत्त्व

नहीं समझते।'' मैंने कहा, ''हाँ, देखिए न, व्यर्थ आधा घंटा बरबाद कर दिया। हम लोगों से 'नहीं' करते बनता नहीं है।''

बँगले में सामने से गाड़ी बढ़ाकर जब उसने रोकी, तो मैंने कहा, ''अब नौ से ऊपर हो चुका। वे खाना खाकर सोने की तैयारी में होंगे। ऐसे वक्त जाना ठीक नहीं। दिन-भर का थका आदमी इस वक्त आराम चाहता है। उनका 'मूड' ठीक नहीं हुआ, तो होता काम बिगड़ जाएगा।''

उसने कहा, ''कोई बहुत देर नहीं हुई है। मेरा तो खयाल है कि इस वक्त वे अकेले मिल जाएँगे।''

मैंने कहा, ''नहीं, इस वक्त दिन-भर की झंझटों का बोझ उनके मन पर होगा। सुबह आदमी का मन अच्छा रहता है।''

उसे अच्छा नहीं लगा। अनमने ढंग में उसने कहा, ''ठीक है। जैसा आप उचित समझें।''

हम लौट पड़े। रास्ते-भर उसने कोई बात नहीं की, खाते वक्त भी वह अनमना रहा। उसे बुरा लग गया था। कुछ भी हो, सुबह मुझे उनसे मिलना ही पड़ेगा।

आठ बजे सुबह मैं उनके फाटक पर पहुँच गया। सौ गज पीछे वह टैक्सी में बैठा मुझे देख रहा था। बचाव की कोई सूरत नहीं थी। एक ही रास्ता था। अगर इनके यहाँ कुत्ता हो और वह भौंककर झपटे, तो मैं इस बहाने से लौट सकता हूँ। कह दूँगा—अब मैं उस बँगले में कदम नहीं रखूँगा, दफ्तर में ही मिलूँगा। फाटक में घुसा, तो कुत्ता दिखा। फाटक को भागने के सुभीते के लिए खुला छोड़कर मैं आगे इस उम्मीद से बढ़ा कि कुत्ता उठकर भौंकता ही है। पर वह निकम्मा निकला। एक बार सिर उठाकर उसने देखा और फिर अपने ही चरणों में अपना सिर रखकर सो गया।

मैंने मन को कड़ा किया—अपने लिए तो कुछ माँगने आया नहीं हूँ। गांधीजी भी तो दूसरों के लिए माँगते थे।

मैं बैठक में था। वे मेरे सामने बैठे थे। सिगरेट पी, पान खाया। अच्छी बातें हो रही थीं। वे मन से बात कर रहे थे, मैं बेमन से। मैं मन में तय कर रहा था कि काम की बात कैसे और किस मौके पर कह दूँ। इसी समय चपरासी फाइल लेकर आया—उसमें 'इमीडिएट' और 'अरजेंट' की पर्चियाँ लगी थीं। थोड़ी देर बाद उनका सेक्रेटरी आया। उसके पास भी फाइल थी। उसमें भी 'इमीडिएट' और अरजेंट' की पर्चियाँ लगी थीं। दोनों फाइलें टेबल पर रखी थीं। वे कभी उन पर्चियों की तरफ देख लेते। मैं भी नजर डाल लेता। दोनों की नजरें मिलतीं, तो मैं समझ जाता कि पर्चियों का असर उन पर पड़ रहा है। वे बेमन से बातें करने लगे। यों इन पर्चियों का मतलब मैं जानता हूँ—'इमीडिएट' का अर्थ है साल-भर, 'अरजेंट' का पाँच साल। जिस कागज पर कोई पर्ची न हो, उस मामले को बिना निपटाए आदमी

रिटायर हो सकता है। वे भले आदमी हैं और भले आदमी पर ही ये पर्चियाँ असर करती हैं।

अब हम दोनों विचलित थे। वे फाइलों में चले गए थे और मेरे मन में वह काम उलझा था। वे सोच रहे थे कि किस खूबसूरती से वे मुझे विदा कर दें और मैं सोच रहा था कि किस खूबसूरती से मैं उठ जाऊँ। पहले आना मुश्किल मालूम हो रहा था, अब उठना। काम मेरे दिमाग से निकल गया। काम की बात मैं हरगिज नहीं करूँगा। गांधीजी का उदाहरण भी बेअसर हो चुका था। अब मेरी समस्या उठना रह गई थी।

वे बोले, ''अमुक आदमी का काम हो जाएगा, पर दो-तीन महीने लगेंगे।''

हे भगवान! दया के सागर! ये तो अन्तर्यामी हैं। समझ गए कि काम से आया हूँ। जानते हैं, बिना काम कोई यहाँ मिलने नहीं आता।

मेरी हालत खराब थी। मैंने कहा, ''मैं इस सम्बन्ध में नहीं आया। यों ही मिलने आया था।''

वे बोले, ''बहुत अच्छा किया आपने। उस आदमी ने आपका हवाला दिया था, इसलिए मैंने कहा।''

मेरा पूरी तरह पर्दाफाश हो चुका था, मुझसे बात करते नहीं बन रहा था। वे फिर उन पर्चियों की तरफ देखने लगे थे। मैं बहुत भद्दे ढंग से उठा और फाटक के बाहर आ गया।

पसीना पोंछा। रूमाल से हवा की और टैक्सी में बैठ गया।

एक बार मिलने में यह हाल हो गया। वे कितने बहादुर होते हैं, जो रोज किसी से मिलते रहते हैं!